Contents

A boy who just keeps raising the level in the dungeon

ダンジョンで
ただひたすら
レベルを
上げ続ける少年

A boy who just keeps raising the level in the dungeon

Dungeon

Level Up

Chapter 1 《 FIRST STAGE 》

とある酒場にて。

「なぁ、お前。レベルの世界ランキングを見たことあるか？」

巨大な鎧を着た男が、仲間に向かって尋ねた。

「ああ、もちろんだ」

「突然日本にダンジョンが現れてから三年。琥珀川瑠璃《こはくがわるり》というやつが第一位の座から離れたことは一度たりともない」

「噂では、ランキング画面のバグか何かだって言われているらしいな。なんせ誰一人として琥珀川瑠璃を見たやつはいないんだからよ」

「まあ、そうだな」

つぶやきつつ、鎧の男はメニュー画面からランキングを開いていく。

ランキングには上位１００名が表示されており、誰でも確認することができる。

【第五位　海風《うみかぜ》凪《なぎ》　・雨《あめ》の神風組《しんぷうぐみ》　ＬＶ５７７】

【第四位　夜霧《やきり》拓哉《たくや》　・天神《てんじん》ノ峰団《のみねだん》　ＬＶ５７９】
【第三位　赤松《あかまつ》斗真《とうま》　・天神《てんじん》ノ峰団《のみねだん》　ＬＶ５８０】
【第二位　村雨《むらさめ》刃《やいば》　・天神《てんじん》ノ峰団《のみねだん》　ＬＶ５９８】

「第二位だって、俺たちにしてみれば雲の上の存在なんだ」
「俺なんて死ぬのが怖くて、今よりも下の階層を探索しようとは思わねぇよ」
「だよな。安全に先へ進むには、やっぱり大規模ギルドに入るのが一番ってわけだ。なのに……」

【第一位　琥珀川《こはくがわ》瑠璃《るり》　・無所属《むしょぞく》　ＬＶ１０００３】

「無所属なのにもかかわらず、大規模ギルドのメンツを抑えてのダントツ一位。しかも、どう考えてもレベルの桁がおかしいだろ！　……はぁ、もし本当に存在しているなら、一度会ってみたいもんだぜ」

「きっと巨大な大男に違いねぇ」

「もしかすると美少女かもしれないぞ？」

「ははっ、そりゃねぇだろ」

そんな会話をしつつ、二人は朝まで酒を飲み続けた。


「もう何階層にいるのか把握できてないけど、そろそろ最下層にたどり着くような気がする」

白色の階段を前にして、一人の少年がつぶやいた。

彼は琥珀川瑠璃、18歳。

ボロボロの布の服とズボンを着用しており、弱そうな見た目をしている。

ここはダンジョンの９９９階層に位置し、人の姿は彼以外に見られない。

だけどもし誰かがいたなら、驚きのあまり目を疑っていただろう。


三頭のケルベロス。

ひとつ目の巨大なサイクロプス。

翼の生えたライオン。

瑠璃の後ろには、およそゲームの終盤で出てくるような魔物の死体が大量に転がっていた。

暗いため土と血の色が判別しにくい。

だが死んでいるのは事実だ。

「この階層の敵は弱すぎて相手にならないし、もっと楽しい戦いがしたいな。……次の階層には強敵がいるといいんだけど」

そうつぶやき、彼は階段を下り始めた。


この世界にダンジョンとレベルシステムが出現してもう三年。

その間、常に圧倒的な差でレベルランキングのトップに君臨し続けた琥珀川瑠璃。

そう、彼が第一位の正体だった。

世間ではシステムのバグや、天才プログラマーによる書き換えではないかと噂されているのだが、そんなことを本人が知る由《よし》もない。

なんせ彼はダンジョンが出現して以降、たったの一度も外に出ていないのだから。

ただひたすら魔物を倒して死を恐れることなく先へ進み続ける。

腹が減ったら魔物を食らい、眠たくなったらそのまま寝る。

たとえ寝ているところを魔物に襲《おそ》われても、自分のステータスであればすぐに死ぬことはないとわかっていた。

だからすぐにカウンターを当てて倒し、また眠りに落ちる。

システム上、ＨＰは食事をしたり寝たりすると回復するらしく、今まで瑠璃のＨＰがゼロになることはなかった。

何度も死にかけているのだが、本人は心が折れるどころかむしろ楽しそうなのだ。

確実にネジが外れてしまっている。

だがそうでもないと、決してここまでたどり着けはしなかっただろう。

階段はすぐに終わり、巨大な青色の扉が視界に入ってきた。

「……いつもと雰囲気が違うな」

そう言いつつ、彼はステータス画面を開く。

【琥珀川《こはくがわ》瑠璃《るり》　男
ＬＶ１０００３
ＨＰ２５１００
ＭＰ５０
攻撃力８５２５０
防御力１９９４０
素早さ１９９４０

賢さ　50
幸運　50

『所持スキル一覧』
HPアップ LV1002
攻撃力アップ LV9000】

人によって初期ステータスの値は違うのだが、それもここまでいくと誤差の範囲でしかない。

たとえば体格に優れた者はレベル1でも攻撃力が200くらいあったりするが、一般人は基本的に50ほどしかない。

その代わり、誰でもレベルがひとつ上がるごとにステータスポイントが10もらえる。

才能なんて努力ですぐに追い越すことができる世界というわけだ。

「たとえ何が襲ってきても、これだけ強かったら負けることはないだろ。途中の階層でレベルを上げすぎたせいで、そこら辺の雑魚敵はもう相手にならないし」

瑠璃は青い扉を開けていく。

やがて視界に入ってきたのは、クリスタルでできたような水色の部屋だった。

円形でそこまで広くない。

「なんだこの部屋……」

扉や階段どころか、見た感じ何もない。

「ということは、やっぱりここが最下層なんだな？　……ふぅ、長かった」

彼がそうつぶやいた瞬間、部屋の中心に光が現れ始めた。

思わず目を瞑《つむ》ってしまいたくなるほど眩しい。

それはだんだん何かの形になっていく。

目を細めつつも、瑠璃はじっと見つめていた。

「あれは……ゴーレムか？」

サイズは三メートルほど。

ラスボスと呼ぶにはいささか力不足に見えるその見た目に、瑠璃は落胆したようにため息を吐く。

「はぁ……。最後があんなやつかよ。どうせこれで終わりなんだし、もっと強そうなやつと──っ!?」

相手がいきなり近づいてきた。

ごつい見た目とは裏腹に、ものすごく速い。

瑠璃はもろにパンチをくらい、いつの間にか閉まっていた背後の扉に直撃する。

「……いいねぇ、おもしれぇじゃん。せいぜい楽しませてくれよ？」

すぐに立ち上がり、彼は勢いよく走り出す。

迫りくるパンチを紙一重で躱《かわ》し、硬そうな胴体をぶん殴った。

とてつもなく鈍い音が響く。

「俺の攻撃力をなめんじゃねぇ！」

ゴーレムは少し怯みつつも、すぐにパンチを繰り出した。

「動きが丸見えだぜ、おい」

瑠璃は笑いながらギリギリで躱し、再び胴体を殴る。

続けて左フックを混ぜ、最後にアッパーで真上に吹き飛ばした。

相手は天井にぶつかり、すぐに落下してくる。

「どうした、もうおしまいか？」

ゴーレムは地面に倒れたまま動かなくなった。

少しずつ光の粒になって消えていく。

どうやら戦闘不能になったらしい。

「やっぱり全然手ごたえなかったな。……はぁ、もう長いこと本気を出せていないような気がするぞ」

瑠璃が残念そうにつぶやいた直後。


『とある冒険者によりファーストステージがクリアされたため、続いてセカンドステージを出

現させます。……繰り返します。とある冒険者によりファーストステージがクリアされたため、続いてセカンドステージを出現させます』

どこからともなく機械的な音声が聞こえてきた。

Chapter 2 « SECOND STAGE »

突然出現した、世界に唯一のダンジョン。

秋葉原に入り口があり、今では周辺が観光スポットのようになっている。

ダンジョンを見てみたいという理由で世界中からやってくる観光客や、一攫千金を狙う冒険者たちがたくさんいるため、いつも秋葉原はものすごい数の人で溢れていた。

ダンジョン攻略に必要な装備や道具を売っている店。

酒場。

冒険者ギルド。

料理店。

どこも賑わっているが、なかでも一番人口密度が高いのはダンジョンの入り口前だ。

パーティーを集める者や、ギルドメンバーの待ち合わせをしている者など、集まっている理由はさまざまである。

「村雨《むらさめ》さん。今日からはとうとう２００階層を目標に攻略していくんですか？」

ダンジョンへと繋がっている巨大な階段の前で、男性が尋ねた。

白い鎧を着た高身長の男性は頷いて答える。

「ああ。準備は万全だし、ギルドメンバー全員のレベルも充分に上がった。誰かが死ぬ心配はないだろう」

「……やっぱり村雨さんは優れたリーダーですね。大規模ギルド【天神《てんじん》ノ《の》峰団《みねだん》】を統率しながら、世界レベルランキング第二位でもあるんですから」

「それもこれもお前たちメンバーが充分な働きをしてくれているからだ。いつも感謝している」

「いえいえ、そんな」

とその時。

『とある冒険者によりファーストステージがクリアされたため、続いてセカンドステージを出現させます。……繰り返します。とある冒険者によりファーストステージがクリアされたため、続いてセカンドステージを出現させます』

上空から機械的な音声が聞こえてきた。

同時に地面が揺れ始める。

「ファーストステージがクリア？　なんの話だ？」

村雨が眉間《みけん》にしわを寄せて言った。

「俺にもわかりません」

揺れは徐々に強くなっていく。

「見てっ！　か、階段。大きな階段が地面にできてきているわ！」

どこからかそんな女性の声が聞こえた。

「ほんとだ！　なんだありゃ」

「みんな。巻き込まれるぞ、近くにいるやつは避難しろ」

「あの階段。まさか……さっきアナウンスで言っていたセカンドステージとやらじゃねぇのか!?」

騒ぎはどんどん広がっていく。

村雨は冷静にメンバーたちを一瞥《いちべつ》して口を開いた。

「お前たちは揺れが収まるまでここにいろ。俺は様子を見てくる」

「いえ、俺たちも行きます」

「そうですよ。団長一人では行かせません」

「……そうか。じゃあついてこい」

天神ノ峰団がたどり着く頃には、もうすでに揺れは収まっていた。

「……なんだこりゃ」

「タイミングといい、まず間違いなくセカンドステージだと思われます」

彼らの目の前には、巨大な白い階段が存在していた。

ずっと地下まで続いている。


同時刻、人混みから少し外れたところに突如一人の少年が現れた。

琥珀川瑠璃《こはくがわるり》である。

彼はなんらかの力によって、ダンジョンの最下層から地上にワープさせられたのだ。

普通であれば、何もない空間から人が出現したことに周りが驚くだろう。

だが騒ぎが大きかったこともあり、不審に思う者は誰もいなかった。

「あれ？　俺……さっきまでダンジョンのなかにいたはずなんだけど」

そうつぶやいて周りを見渡す。

ふいに太陽光が視界に入り、瑠璃は思わず目を細めた。

「太陽ってことは、外だよな？　……あれ？　まさかとは思うけど、あの部屋からワープしてきたのか？」

その結論へ至るまでに、さほど時間はかからなかった。

「おい、聞いたか？　新しい階段が現れたんだってよ。もしかすると新ダンジョンじゃねぇのか？」

「俺たちも行ってみようぜ」

そんなやり取りをして走っていく二人組。

彼が再び周囲を見渡すと、一か所にものすごい数の人が集まっていた。

「新しいダンジョン？　……まあ、とりあえず俺も見に行ってみるか」


瑠璃はさっそく騒ぎの元へ移動した。

しかし、人が多すぎて階段を見ることができない。

背があまり高くないため、覗きこもうとしても身長が足りないのだ。

「おい、誰か入ってみろよ」

「さっきのセカンドステージがどうとか言ってたアナウンスと、本当に関係があるのか？」

「ちょっと行ってみようぜ」

「こっちのダンジョンのお宝は、早いもん勝ちだ！」

そんな話し声が聞こえてくる。

瑠璃は小さくため息を吐いた。

「もう少しあとになってからくるか。……いったん家に戻って、親に挨拶だけでもしておこう」

そう言って踵《きびす》を返し、歩き出す。

瑠璃が去っていったあと。

天神ノ峰団の団長である村雨が、周囲を一瞥しながら口を開く。

「まずは俺たちがなかの様子を見てこよう！　新しいダンジョンが安全かどうかわからないからな」

「おぉ、レベルランキング上位のほとんどを占めている天神ノ峰団が行ってくれるなら安心だ」

「私たちは安全が確認できてからにしましょうか」

「おい、なんだと！　宝を独占する気か！」

「そうだそうだ！　俺たちが先にこの階段を見つけたんだ」

「レベルが高いからって調子に乗るなよ！」

案の定、賛否両論の声が上がった。

「みんな聞いてくれ！　さっきのアナウンスによると、おそらくファーストステージが誰かの手によってクリアされたから、セカンドステージであるこの階段が現れたんだ。ファーストステージとは、三年前に現れたダンジョンのことだろう。……もしあのダンジョンをクリアできる自信のある者がいるなら先に行けばいいさ。クリアの目処は立っていないがそれなりに実力のある天神ノ峰団は、遠慮なくそのあとをついていくことにする」

村雨の重い声が響いた。

それにより、先ほどまで騒いでいた者たちは黙ってしまう。

「でも、あのダンジョンがクリアされたと言われても、あんたたちほどの大規模ギルドが未だ最下層へ到達できていないのに、クリアしたやつなんて本当にいるのか？」

一人の男性からそんな声が上がった。

おそらくほとんどの者が疑問に思っていたことだろう。

「俺が思うに、ランキング一位に君臨し続けている琥珀川瑠璃じゃないか？」

村雨が答えると、何人かが納得したように頷く。

「そういえば。一人だけレベルの桁がおかしいし、その可能性はあるかもしれない」

「レベルが一万近くあればクリアできても不思議じゃない」

「まあ、本当に存在しているかどうかは怪しいがな。誰も姿を見たことがないし。俺は何かの間違いだと思うぞ」

「俺も表示のミスとかだと思う」

少し悩むようにしつつ、村雨は返答する。

「俺も琥珀川瑠璃についてはわからないが、俺たち天神ノ峰団よりもレベルの低い冒険者がダンジョンをクリアできるとは思えない」

更に村雨は先ほど反論を上げていた者たちを一瞥し、静かに告げる。

「安心しろ。別に俺たちも本腰を入れて探索するわけじゃない。少しなかの様子を見て、冒険者ギルドに情報を渡すだけだ」

「そ、そういうことなら、まあ……」

「噛みついてしまって申しわけない」

「どうぞ、行ってください」

どうやら否定的な意見の者はいなくなったらしい。

これが、大規模ギルドの団長でレベルランキング第二位にまでのぼり詰めた男のカリスマ性である。

決して力に頼ることなく、短時間で大勢を納得させた。

「よし、それじゃあみんな行くぞ！　絶対に油断するな」

「「「「はい！」」」」

天神ノ峰団は、整列してゆっくりと階段を下りていく。

まるで軍隊のような圧力に、他の冒険者たちはあっけにとられるばかりだった。


階段を下り始めておよそ三分が経過した頃。

「村雨さん！　何かが見えてきました」

「ああ、わかっている」

彼らの視線の先には、水色に輝くクリスタルが宙に浮いていた。

「なんでしょう？」

「おそらく触ることでどこかに転移させられるのだろう。鳳蝶《あげはちょう》、周囲に罠のようなものはないか?」

「はい。見た感じ何もありません」

村雨の言葉に、白髪ロングヘアーの小柄な女の子が答えた。

「そうか。とりあえず一番レベルの高い俺が最初に行ってみることにする。あまり大勢で行くとパニックになるかもしれないから、夜霧《やきり》と赤松《あかまつ》だけ追ってきてくれ」

「了解です」

「俺に任せといてください」

黒髪の夜霧と赤髪の赤松が同時に返事をした。

そして村雨がクリスタルに触れた、その時。

【ファーストステージのクリア者以外の立ち入りは許可できません】

空中にそんな文字が出現した。

「……は?」

「なんだと?」

首を傾げる夜霧と赤松。

「なるほどな。……念のため、夜霧も触ってみてくれ」

「了解です」

村雨に従い、夜霧はすぐさまクリスタルに触れる。

【ファーストステージのクリア者以外の立ち入りは許可できません】

全く同じ文字が空中に出現。

「どうやら、まずは向こうのダンジョンをクリアしろということらしい」

後にこの情報は冒険者ギルドに伝えられ、じわじわと冒険者たちに広まっていくのだった。

辺りが夕暮れに染まってきた頃、瑠璃はマンションの自室前に到着した。

今の身体能力であればもう少し早くたどり着けていただろうが、人の迷惑になりそうだと判断してのんびりと帰ったのだ。

そのおかげで今の秋葉原の現状をじっくりと観察できた彼は、あまりの変化に一瞬別の世界にきたのではと思った。

しかし微妙に秋葉原の面影が残っていたりするため、なんとか日本であると納得することができていた。

「ダンジョン付近は異世界みたいになっていたけど、このマンションは何も変わってないな」

瑠璃は正面のドアに目をやる。

この先には久しぶりに会う両親がいるため、彼から緊張の様子が感じられるのも無理はないだろう。

「あの二人……元気にしてるかな」

そうつぶやきつつ、チャイムを押した。


数秒ほどして、インターホンから女性の声が聞こえてくる。

『どちらさまですか？』

「えっと、俺だけど」

『オレオレ詐欺なら間に合っていますので、お帰りください』

「いや、俺だよ！　母さんの息子の瑠璃だよ！」

『は？　えっ、ちょっ……。あなた、今すぐこっちにきてください！　あの子が戻ってきました』

部屋のなかが一気に騒がしくなってきた。

入り口のドアがすぐに開けられ、両親二人が外に飛び出してくる。

「瑠璃！　三年ぶりね！」

細身の母親が瑠璃に抱きつきながら言った。

「あれ？　ダンジョンに行くと告げて家を出てから長いこと帰ってきてなかったのに、意外と軽い感じだな。……もうとっくに死んでいるんじゃないかとか思っていなかったの？」

「当たり前だろ。なんせ俺たちは毎日お前の成長を見ていたからな」

顎髭《あごひげ》を生やした父親が、さも当然かのように言った。

「俺の成長を？　どういうことだ？」

「何とぼけてんだよ。お前この世界のレベルランキングで第一位じゃねぇか」

「まあ、ダンジョンが出現した日から今まで一度も外に出なかったから、他の人より強くても不思議ではないけどさ。そもそもなんで俺のレベルが高いことを知っているんだよ」

「なんでって……ランキング画面にお前の名前が載っているからだ」

「ランキング画面？」

そんな瑠璃の反応に父親が眉を顰《ひそ》めた。

「なんだお前、まさか知らないのか？　メニューを開いて一番下の項目に【レベルランキング】ってのがあるだろ？」

「いや、知らなかったな。……ちょっと見てみる」

そう言って彼はメニュー画面を操作していく。

瑠璃は今まで、ステータスとスキルのポイントの割り振りを行うか、アイテムボックスを使用する以外の機能をまともに使用したことがなかった。

ゆえに知らなくて当然だろう。

【第三位　赤松《あかまつ》斗真《とうま》・天神ノ峰団《てんじんのみねだん》　LV581】
【第二位　村雨刃《むらさめやいば》・天神ノ峰団《てんじんのみねだん》　LV599】
【第一位　琥珀川《こはくがわ》瑠璃《るり》・無所属《むしょぞく》　LV10003】

「あ、ほんとだ。俺の名前が第一位……って、なんか二位との差がおかしくないか？　みんな弱くない？」

「瑠璃がおかしいだけだと思うけど」

母親が呆れたようにつぶやいた。

「それはともかく、さっき機械みたいな声が聞こえてきたが、ファーストステージとやらをクリアしたのはお前なのか？」

父親がそう尋ねる。

「ああ。ついさっきダンジョンの最下層にたどり着いて、ボスを倒してきた」

「やっぱりか。いやぁ、ウチの息子が立派に育ちすぎてちょっと怖いぜ」

「父さんの顔のほうがよっぽど怖いけどな」

瑠璃の父親は昔から顔がいかつい。

節分の日に街を出歩いていたら、鬼と間違われて豆をぶつけられるレベルだ。

「ほっとけ」

「それじゃあ俺はそろそろ行くけど、一応換金できそうなアイテムをいくつか置いていくから」

「瑠璃……。もう行っちゃうの？」

母親が寂しそうな表情を浮かべる。

「ああ。今までは誰よりも早くダンジョンをクリアしてやろうと思って頑張ってきたけど、つい さっき新しい目標ができたからな」

「女を侍らせてハーレム大国を造ることか？　なるほど。お前もなかなか言うようになったじゃねぇか」

そう言ってにやける父親。

「ちげぇよ」

「なら、なんなの？」

不安そうに母親が尋ねた。

「う〜ん、秘密。……じゃあ金塊１００個置いていくから、換金してお金にでも換えてよ。どうせ売ろうと思ったら税金がどうとかっていう話になりそうだし、俺は自分で売却する気はない」

瑠璃はアイテムボックスから金塊を１００個まとめて取り出す。

金ぴかに光るインゴットが、玄関に積み上げられた。

「おいおい、マジかよ。なんだこの金の量。……うまくすればもう一生働かなくても過ごしていけるんじゃあ……」

「アイテムボックスにはあと800個くらいあるけど、これ以上出したら床が沈みそうだしやめとく」

「いやこれだけで充分だぞ。むしろ多すぎるくらいだ」

「さてと、俺はもう行く。……二人とも元気で」

そう言ってあっさりと歩き出す瑠璃。

彼は早くセカンドステージへと進みたかった。

何より、レベル上げをしていない時間がもったいないと感じていた。

「瑠璃！　俺たちはお前がいないのをいいことにラブラブな生活を送るから、とうぶん帰ってくるんじゃねぇぞ！」

「そうよ、全然寂しくなんて、ないんだからね。気にせず…………頑張り、なさい」

後ろから両親の声が聞こえてくる。

母親は涙を堪えているようだった。

「行ってきます」

瑠璃は振り返って微笑みながら答えた。

彼がマンションを出ていったあと。

瑠璃の父親が口を開く。

「心配すんな。瑠璃は俺に似て強いやつだ。そう簡単に死んだりしねぇよ」

「それはわかっていますけど。でも心配よ」

「それにしても、あいつ……ダンジョンが出現してから変わったよな」

「そう、ですね」

「昔はずっと死んだ魚みたいな目でゲームばかりしていたが、さっきの瑠璃の顔見たかよ。まるで生きている魚みたいだったぞ」

「実の息子を魚にたとえるのはやめてください」

「がはは。まあいいじゃねぇか。そんなことよりも、せっかく瑠璃がこんな大金をくれたわけだし、明日から一泊二日の旅行にでも行くか」

そう言って父親は金塊をアイテムボックスへとしまった。

「そうですね」

「俺は北海道でカニが食べたいな」

「私は草津温泉に入ってみたいです」

「ようし、じゃあ間を取って沖縄へ海水浴に行こう！」

「なんでですか！」

そんな会話をしつつ、二人は部屋のなかへと戻っていく。

瑠璃はダンジョンの入り口前へと戻ってきた。

「夜なのに、昼みたいに明るいな」

周囲の屋台や建物から発せられている光が、この辺一帯を明るく染め上げていた。

そして相変わらず人口密度が高い。

だが新しく出現した階段の周辺には、なぜかあまり人がいない。

「……みんなもう新しいダンジョンの攻略を始めたのか？」

そう言って首を傾げる瑠璃。

実際は誰もファーストステージをクリアしていなかったため、進める人がいなかっただけである。

「だとしたら出遅れた。急ごう」

瑠璃は真っ白な階段を下りていく。


少しして。

クリスタルの前に到着した。

「なるほど。これに触れればいいのか」

瑠璃はこれがすぐに転移用のクリスタルだと気づいた。

ゆえに躊躇なく触れる。

その瞬間、瑠璃の姿が消えた。


彼が目を開けると、そこには大草原が広がっていた。

「うっわ、なんだここ!?」

そよぐ風が草を揺らし、瑠璃の前髪を浮かせる。

どこからともなく鳥の鳴き声が聞こえてくる。

空を見上げれば青空が広がっており、雲や太陽もあるようだ。

「外じゃ……ないよな?」

遠くには巨大な湖と森があり、見た感じダンジョンのような気がしない。

けれど背後に転移用のクリスタルが存在していて、そこら辺に魔物がいることから、やはり外ではないのだろうと瑠璃は判断する。

「とりあえず湖に行ってみるか」

そう言って彼が歩き出してすぐ。

「ガルルルゥ！」

真っ赤な双眼の狼が襲《おそ》ってきた。

「シュッ！」

「キャンッ」

瑠璃が顔面に軽めのジャブを入れると、狼は地面に倒れてそのまま動かなくなった。

「……なんだこいつ。弱すぎだろ」

本当にここがセカンドステージとやらなのか？　と彼は疑問に思う。

あっちのダンジョンの最下層付近はもう少し手ごたえがあった。

「もしかすると、ここはたまたま新しく出現したダンジョンで、本物のセカンドステージは別にあるんじゃないか？」

実際はここがセカンドステージで正解なのだが、あまりの魔物の弱さに勘違いをしてしまう。

「ま、もう少し進んでみよう。この狼が弱いだけかもしれないし」

瑠璃は再び湖に向かって歩き出す。

続いて視界に入ってきた魔物は、金属みたいなやつだった。

草原の上で明らかに目立っている銀色の大きなスライム。

「あんなやつ初めて見たぞ。……あれならちょっとは手ごたえがありそうだな」

瑠璃はすぐさま近づいて、軽めの右ストレートを入れた。

周囲にカキィィィン！　という音が響く。

同時に銀色のスライムがすごい速度で逃げ始めた。

「なんだと!?　硬すぎだろ、あいつ」

パンチに手ごたえを感じなかったのは、瑠璃にとって久しぶりのことだった。

「ははっ、面白い。全力を出さないと倒せないってことか？」

それゆえにスイッチが入ってしまった。


彼がランキングのトップから落ちなかった理由はいろいろと存在するが、そのうちのひとつに強敵を見ると身体が疼《うず》いて仕方がないということがあげられる。

いわゆる戦闘狂。

ファーストステージの700階層付近での話だが、瑠璃は毒針で腹を貫通させられたのにもかかわらず、笑いながら魔物を殺し続けていたことがある。

戦闘が終わったあと三日ほど意識不明になったが、強靭な肉体のおかげでなんとか生き延びることができた。

気絶している間に他の魔物に襲われていたら確実に死んでいただろう。


「それで逃げたつもりか？」

今出せる最高速度で金属スライムに追いついた瑠璃は、本気で相手をぶん殴った。

金属でできているはずの体がくの字に曲がりながら吹っ飛んでいく。

「あぁー、久しぶりの全力はやっぱ気持ちいいな」

とその時、金属スライムが途中で光の粒子となって消えていった。

同時にレベルアップの音が響く。

その一部始終を見ていた瑠璃は首を傾げた。

「は？　……なんで消えたんだ？」

魔物は基本的に死んでも丸一日ほど消えない。

それはずっとダンジョンに潜り続けてきた瑠璃が一番よく知っていた。

だけど、あの金属スライムは倒してすぐに消滅したのだ。

「ま、考えてもどうせわからないし別にいいか。それよりもレベルが上がったからステータスとスキルのポイントを割り振ろう」

そう言ってステータス画面を開くと、瑠璃は自分のレベルが以前よりも三つ上がっていることに気づく。

「えっ、マジで？」

ファーストステージの最下層にいたボスを倒したあとも、レベルアップはしなかった。

つまりレベル10003のままだったはず。

だが今現在、ステータスには【LV10006】と表示されている。

「じゃあ、あの金属スライムが大量の経験値を持っていたということか？」

一瞬納得できなかったが、軽めのパンチで倒せなかったことを思い出す。

「レベルランキング第一位にいて、攻撃力をめちゃくちゃ鍛えている俺ですら全力を出さないと倒せなかったんだから、他の人には到底無理だよな？」

要するに金属スライムは、経験値が非常においしい強敵というわけだ。

「効率がいいし、しばらくこの階層でレベルを上げるか」

そうつぶやいて、瑠璃は金属スライムを探すために勢いよく走り出した。


彼のレベルが異常な理由は他にもある。

普通であれば、ファーストステージのダンジョンをクリアするのにレベルは10000も必要ない。

誰ともパーティーを組まずにソロで進み続けたため、経験値が分配されることなく全て自分の物になっていたというのもあるが、瑠璃は一度ハマってしまうとなかなかやめることができない性格だった。

600階層付近で、一年間も同じ階層に閉じこもり続けていたことがある。

とにかく精神力が異常なのだ。

普通の人間であれば途中で飽きるはずのことを、彼は楽しんでこなせる。

それに加えて500階層のボスを倒した時に手に入れた、経験値が二倍になる指輪を装備している。

まさに鬼に金棒だろう。

ちなみにその指輪は、500階層のボスを最初に倒した者にしか与えられない世界にたったひとつだけのレアアイテムなのだが、他の冒険者はおろか本人すらそのことは知らない。

いい意味でも悪い意味でも、琥珀川瑠璃はこの世に生まれた化け物だろう。

それから、他の冒険者が全くやってこないことに瑠璃が気づいたのは、一ヶ月以上経ってからのことだった。

一瞬、なぜこのダンジョンに誰も入ってこないのか疑問に思ったが「まあどうでもいいや」とだけつぶやき、再びレベル上げに戻るのだった。

幸いこの階層には湖の水だけでなく、狼の生肉や木の実などの食料が大量にあるため、ファーストステージのダンジョンで過ごし続けていた彼にとっては天国のような場所だった。

そんな環境で、瑠璃はただひたすらレベルを上げ続ける。

Chapter 2-1

セカンドステージが出現してから、五年が経った。

とある酒場にて。

「なぁ、お前。最近レベルのランキングを見たか？」

巨大な鎧を着た男が、仲間に向かって尋ねた。

「お前、いつもその話ばかりだな。たまには別の話題を出せよ」

「ったく、わかったよ。じゃあ何を話そうか。……あぁ、そうだ！　お前、あれ知っているか？」

「何をだ？」

「あの天神ノ峰団がとうとう明日、セカンドステージに向かうってよ」

「あー、冒険者ギルドで噂になっていたな。……にしても、セカンドステージが現れてからもう五年も経つのか。俺たちは相変わらず酒場で飲むばかりで、全然ダンジョン攻略は進んでいないけど」

「別に楽しけりゃいいんだよ。それよりもランキングの話をしようぜ。ちょっと見てくれよ」

そう言って鎧の男はランキング画面を開いていく。

「昨日も聞いたって」

「まあ、そう言うな。俺は毎日これを見るのが楽しみで仕方ねぇ。朝起きてランキング上位たちのレベルを確認するのが人生で一番楽しい瞬間だ」

「つまらねぇ人生だな、おい」

「うるせぇ」

【第五位　姫野《ひめの》結《ゆい》・天神《てんじん》ノ《の》峰団《みねだん》　ＬＶ４５５２】

【第四位　夜霧《やきり》拓哉《たくや》・天神《てんじん》ノ《の》峰団《みねだん》　ＬＶ４８８７】

【第三位　赤松《あかまつ》 斗真《とうま》　・天神ノ峰団《てんじんのみねだん》　ＬＶ４９６５】

【第二位　村雨《むらさめ》 刃《やいば》　・天神ノ峰団《てんじんのみねだん》　ＬＶ５５０８】

「第二位までだって充分にすごい。特に村雨刃なんて、最近はギルドでのダンジョン攻略を終えたあとの休日に一人で猛特訓をしているらしいし」

「本当にすげぇよな」

「でも、一番はやっぱり琥珀川瑠璃だ！」

【第一位　琥珀川《こはくがわ》 瑠璃《るり》　・無所属《むしょぞく》　ＬＶ３５５４０】

「昔からずっと化け物じみていたが、今の二位との差がおかしすぎだろ。俺はもうこいつのことが好きで仕方ねぇ」

「マジで何者なんだろうな」

「きっと五年前にファーストステージをクリアしたのは、琥珀川瑠璃だ」

「それはもう間違いないだろ」

「あぁー、一度でいいから会ってみてぇなぁ。……愛しの瑠璃によぉ」

「お前キモいな。琥珀川瑠璃が大男だったらどうするんだ？」

「うるせぇ！　というか噂によると、小さい少年だって話だぜ？」

「どこ情報だよ」

「いや、一部のファンの間で有名になっているんだって。セカンドステージが出現した日の夜、一人の少年が階段を下りていき、その後そいつが戻ってくることはなかったんだとか」

「信憑性《しんぴょうせい》のねぇ話だな」

「だけどそれ以外に情報がないのも事実だ。俺は一人の熱烈なファンとして、今後も琥珀川瑠璃についていろいろと情報を集めていくぜ。そしていつか絶対に会ってやる」

「マジでキモいぞ。琥珀川瑠璃の話をしている時の自分の顔を鏡で見てみろよ」

「なんだてめぇさっきから。殺すぞ！」

「やれるもんならやってみやがれ」

そんな会話をしつつ、二人は朝まで酒を飲み続けた。


「そろそろレベル上げも飽きてきたな」

金属スライムを軽いジャブで倒しながら、瑠璃がつぶやいた。

結局彼は五年もの間、一度も外に出ることなくこの第一階層でレベルを上げ続けていた。

今現在の年齢は23歳。

もう立派な大人である。

「にしても、結構長い間この階層にいるにもかかわらず、一度も人に会っていないのはどういうことなんだろう」

瑠璃は知らないが、セカンドステージと呼ばれているここへ入るには、全1000階層で構成されているファーストステージをクリアしなければならない。

そのため他の冒険者がやってこないのも当然と言える。

「ランキング二位以下の人も結構レベルが高いんだし、勇気を出してきてみればいいのに。……ここ、めちゃくちゃいいところなんだけどな」

瑠璃は走って敵を探しつつ、一人つぶやく。

「まあ誰にも獲物を横取りされないし、レベル上げがしやすいからいいんだけどさ」

移動しながらどんどん魔物を蹴り飛ばして絶命させていく。

魔物からすればいい迷惑だろう。

彼の進行方向にいるだけで殺されるのだから。

「さてと……」

瑠璃は走りながらステータス画面を表示した。

【琥珀川《こはくがわ》　瑠璃《るり》　男
ＬＶ３５５５７２
ＨＰ　１３５８４４５
ＭＰ　５０
攻撃力　２９３５９２０
防御力　５１９７００
素早さ　５１９７００
賢さ　５０
幸運　５０

『所持スキル一覧』
ＨＰアップ　ＬＶ１７６５７１
攻撃力アップ　ＬＶ１７９０００】

見てわかる通り、彼のレベルは普通ではない。

ほとんど眠ることなく無差別に魔物を倒し続けていた結果、気づくとここまで上がっていたのだ。

途中からは全力を出さなくても金属スライムをワンパンできるようになり、移動速度も常に成長していたため、狩りの効率がどんどんよくなってきていた。

「レベル上げも充分だし、そろそろ次の階層へ行ってみるか」

瑠璃はこの五年間で、第一階層の地形を把握し尽くしていた。

その結果、かなり広いことがわかっている。

端から端まで歩いて三日以上はかかる距離だ。

瑠璃であればのんびりと走ってわずか十分ほどなのだが。

「じゃあな、金属スライム！　君たちのおかげでかなり強くなれたよ」

そう言い残し、彼は走り出した。


ほぼ同時刻。

大規模ギルドの天神ノ峰団が、この大草原へとやってきた。

総勢で30名ほどいて、そのうち五人は武器を持っていない代わりに大量の荷物を運んでいる。

戦闘を行う者と荷物持ちを分けているようだ。

パーティーならではだろう。

ちなみに倒した魔物から得られるドロップ品やダンジョンで手に入れたアイテム以外は、アイテムボックスに収納することはできない。

ゆえに外から持ち運ぶ武器や食料、テントなどは自分の手で運ぶしかないというわけだ。

瑠璃に関しては武器も寝床も必要ないため、一人でも充分成り立っているのである。


「うっわ、なんだここ!? 本当にダンジョンのなかかよ」

赤髪の赤松が驚きの声を上げた。

「これより未知のセカンドステージの攻略を始める。みんな、気を引き締めていくぞ！」

「「「「はい!!」」」」

村雨の言葉に、団員たちが全員揃って大きく返事をした。

彼らは知らない。

つい数分前までこの周辺に琥珀川瑠璃がいたことを。


セカンドステージの第二階層。

地平線の先まで、ただひたすら砂漠が続いていた。

所々に大きな岩があり、大きな蛇のようなものが砂のなかを泳いでいる。

「やっぱり初めて行くところはワクワクするな」

瑠璃はさっそく走り出す。

「飲み水はなさそうだから、喉が渇いたら昔みたいに魔物の血を飲めばいいか」

そう、今本人が言った通り、彼は最初のダンジョンで何年も魔物の血を飲んで生きていた。

すごい速度でレベルを上げ続けた瑠璃だからこそできたことであり、普通の者が真似をしたら数週間ともたないだろう。

一般的に魔物の血を飲み続けると、塩分の取りすぎなどで死ぬとされている。

実際瑠璃も最初のうちは何度か体調を崩している。

だが、そのたびになんとか生き残り、今に至るわけだ。

元々美容によい効果が含まれていることもあり、今では魔物の血を飲んでもなんの影響もないどころか、むしろメリットしかない。

「ま、今の俺なら喉が渇く前に突破できるけどな」

瑠璃がそうつぶやいた直後、砂のなかに潜んでいた巨大な蛇が正面から彼に襲いかかった。

不幸な蛇である。

相手が瑠璃であったがために、命を落とすことになるのだから。

「必殺、ただのパンチ！」

右ストレートが口元に命中した瞬間、蛇が破裂しながら吹っ飛んだ。

血と肉と骨が、全てバラバラに飛び散る。

「悪いな蛇。この階層に長居する気はないから、手加減してあげられなかった」

大量の血を浴びたのにもかかわらず、彼は全く気にしていないような様子で走り続ける。

砂漠を猛スピードで探索し始めて、一時間ほどが経過した。

「ふぅ、ようやく見つけたぞ」

３６０度砂しかないため、瑠璃は途中から自分がどこにいるのかわからなくなっていた。

それでも適当に走り続けて、ついに階段を発見したのである。

「さっさと先に進むとしよう。案外この階層で時間を使ってしまった」

そうは言うものの、この広い砂漠のなかから一時間で階段を見つけるというのは、充分すごいことだろう。


第三階層。

階段を下りた先に待ち受けていたのは、左右に分岐した石造りの通路だった。

どうやらさっそく分かれ道になっているようだ。

「えぇ……。まさか迷路みたいな感じになっているのか？　上二つの階層からしてこの三階層もどうせ広いだろうし、面倒くさいな」

瑠璃は顎に手を当てる。

そして数秒ほど悩んだあと、何かを思いついたらしく急に笑顔になった。

「そっか。迷路ってこうすればいいんだよな」

シンプルに正面の壁をぶん殴った。

ドゴォォォン！　という派手な音とともに、巨大な穴が開く。

「うん、これが正しい迷路の進み方だろ」

決して正しくはないが、馬鹿げた攻撃力を持っている瑠璃の場合、これが一番効率のいい攻略法であるのは事実だ。

そもそもの話、ダンジョンの壁は壊れないようにできている。

しかし攻撃力の数値が３００万近い彼のパンチに耐えることは不可能だったようだ。

正面の壁を三枚ぶち壊して進んだところで、運よく階段を発見した。

「やった。この階層は楽勝だったな」

かかった時間はおよそ一分。

ここまでくると、迷路が少しかわいそうになってくる。

せっかく冒険者を簡単に次の階層へ進ませないために行き止まりや分かれ道を用意していたり、空の宝箱を置いてそのなかに罠を仕掛けていたりといろんな工夫が施されていたのだが、結局なんの意味もなかった。

一応ダンジョンの壁は自動で修復されるため、次にやってくる冒険者が瑠璃の作ったショートカットコースを通れるわけではない。

迷路にとってはそれが不幸中の幸いだろう。


第四階層。


そこには海が広がっていた。

一定時間ごとに波の音が聞こえ、潮の香りが漂ってくる。

「単純にすげぇ。砂漠とか草原もそうだったけど、とてもダンジョンのなかだとは思えないぞ」

遠くには小さな島がひとつだけ見える。

「あそこに行けということか？」

周囲を見渡してみると、左右には森が広がっていた。

「森に階段はないような気がする。……やっぱり遠くに浮かんでいるあの島が怪しい。とはいってもどうやって海を渡ればいいんだ？」

見た感じどこにも船のようなものは用意されていない。

「泳いで渡れば、海中にいる魔物にちょっかいをかけられそうだし。俺ならどうせ死なないだろうけど、見えないところから噛みつかれるのはムカつく。何かいい方法は……」

顎に指を置いて思考していく。


十秒後、いい考えが浮かんだとばかりに走り出した。

「海の上を走ればいいじゃん！」

瑠璃は激しい水しぶきを上げながら海面を駆け抜けていく。

彼が通ったあとから凶暴な見た目の魚たちが次々と飛び出してくるが、そこにはもう誰もいない。

魚たちはそのまま海のなかへと戻っていく。

その光景を遠くから見た者がいれば、大量の魚たちが一人の人間を歓迎しているようにも見えただろう。

まるで遊園地のパレードだ。


「思いつきでやってみたけど、意外といけるな」

さほど時間がかかることなく、瑠璃は向かいの島に到着した。

階段がすぐ目の前にある。

「この島、向こうから見た時は小さかったのに、いざたどり着いてみるとそれなりに大きいぞ」

そんな感想を言いつつも、すぐに階段を下りていった。

本来であれば、森に生えている木を使用して頑丈な船を造り、それに乗って海中から迫りくる魚たちを追い払いながら進むのが普通なのだが、またもや瑠璃の身体能力にものを言わせた攻略法ですぐに終了した。


第五階層。


最初と同じく、大草原が広がっていた。

遠くに湖と森が見える。

「……はぁ、また同じか」

似たようなところで五年間過ごし続けたため、瑠璃はもうこの景色に飽きていた。

「なんかやる気がなくなったな」

そう言いながらも走り出す。

「あ、そうだ！」

湖に向かう途中で、突然彼が表情を明るくした。

「めちゃくちゃいいこと思いついたんだけどさ。ダンジョンって階段を下りて、下の階層に進んでいくわけじゃん？」

周りには誰もいないが、まるで説明するように話していく。

「じゃあ地面を掘って下りても一緒じゃね？　いちいち階段を探すの面倒くさいし、ちょっとやってみるか」

瑠璃は全力で地面を殴った。

凄まじい爆音が響き、辺り一面に砂埃が舞う。

「おっ、予想以上に掘れたな。これなら何度か殴ればいけそうだぞ……って、あれ？」

地面がものすごい速度で埋まっていく光景を見て、瑠璃はそんな声を上げた。

「まさか……地面の修復速度って、壁や植物とは比べものにならないほど速いのか？」

彼の予想通り、地面を掘って先へ進まれないように、ダンジョンの床はすぐに修復するようになっていた。

普通の人であればその速度を見て、地面を掘るという選択肢を諦める。

だが、瑠璃は普通じゃなかった。

「うん。この程度なら連続で殴ったら余裕だな」

これ以降、彼はまともなダンジョンの攻略をやめた。

第49階層。

つい先ほど48階層の地面を掘ってここに下りてきた瑠璃は、床の色を見て眉間にしわを寄せた。

「えっ……」

「床だけがクリスタル？」

周りを見てみると、視界に入る限り全ての床がクリスタルのような色をしていた。

どうやら天井や壁は普通の石造りらしい。

「今は多分50階層の辺りだと思うけど、ここが中ボスのいる階層って可能性はあるな」

実はこの床、ファーストステージ最下層のラスボスがいた部屋と同じ素材である。

「さて、まずは床が壊せるかどうかの確認だ。ダンジョンのなかを迷うことなく次の階層へ進めるなら、それに越したことはない」

そう言って全力で床を殴った瞬間、瑠璃は拳にものすごい衝撃と痛みを感じた。

「――いってぇ!?　なんだこの床。硬すぎだろ」

破壊どころか傷ひとつ入っていない。

人外の瑠璃ですら壊すことができなかった床。

この素材は、いわゆるオリハルコンと呼ばれている希少な鉱物で、滅多にお目にかかることができない代物である。

「ふぅーふぅー」

瑠璃は息で拳を冷やす。

自身の力が強かっただけに、返ってくる反動は相当なものだった。

拳から血が垂れていく。

「これは……さすがに無理だな。普通に攻略することにしよう」

そう判断して歩き出した彼は、すぐに左右の分かれ道に遭遇する。

この時、もうすでに拳の血は止まっていた。

「まだ傷口は癒えていないけど、そんなの関係ない。むしろ痛みに慣れるための訓練になるだろ」

瑠璃は微笑みながら傷ついた拳で正面の壁を殴る。

壁は石でできているため、彼にしてみれば脆い。

凄まじい音とともに穴が開いた。

壁の向こうにも分かれ道があり、やはり床は全てオリハルコンでできているようだ。

「よし、テンポよくいこう」

瑠璃はひたすら壁を壊して真っすぐ進んでいく。

その様子はまるで戦車のようだった。

しばらくして、階段のある部屋にたどり着いた。

最奥まで真っすぐ進み続けても何もなかったため、結局いろいろと迷路を探索することになり、ようやく見つけることができていた。

「正直自分がどの辺にいるのか全くわからないけど、階段を発見できたし結果オーライだ」

とそこで背後から、紫色のスケルトンが襲いかかってきた。

持っている大きな剣で容赦なく瑠璃に斬りかかる。

「こんにちは、骸骨くん。そしてさようなら」

彼は振り向きざまに相手の首へハイキックを命中させる。

あまりの威力と速度により、首元の骨だけが粉々になって飛んでいった。

時間差で、綺麗なままの頭と胴体が床へと転げ落ちる。

「じゃあ次の階層に進むか。……俺の勘では、次が最後のような気がする」

そう言って階段に足を踏み入れた瞬間。


突然、瑠璃の姿がその場から消えた。

気づくと、瑠璃は水色の部屋のなかにいた。

天井、壁、床が全てオリハルコンでできており、神秘的な雰囲気。

「ここ、どこだ……って、えぇ!?」

彼の周囲には大量の魔物がいた。


巨大な白竜。

八首の大蛇。

腕が六本生えている阿修羅《あしゅら》。

上半身が堕天使で下半身が蜘蛛の化け物。

その他にもやばそうなやつらが盛りだくさん。


この巨大な部屋のなかにいるそれらの魔物たちが、一斉に瑠璃のほうを向いた。

「なんだこのメンツ。全員規格外じゃねぇか」

瑠璃は冷や汗をかきつつ、にやける。

「なんかよくわからないけど、こいつらを全滅させればいいってことだろ? ……おもしれぇ」

全方向、ゲームのラスボス級の化け物に囲まれており、全部で100体以上はいるはずだ。

この状況を楽しめるのは、きっと地球上で彼一人だけだろう。

とその時、遠くにいたはずの阿修羅の姿が消えた。

一秒後、頭と横腹と太ももの三か所を殴られて、瑠璃が横に吹っ飛ぶ。

「――っ!?　おい、嘘だろ。見えなかったぞ」

瑠璃がなんとか空中で体勢を整えていると、続けて白竜の尻尾により地面に叩きつけられた。

「重っ!?」

尻尾とオリハルコンの床の間に挟まれ、瑠璃は血反吐を吐く。

「急に難易度上がりすぎ……だろうが！」

白竜の尻尾を必死に持ち上げて脱出。

「右かっ」

横ステップを踏んで阿修羅の攻撃を避けつつ、瑠璃は白竜の下半身を全力で殴った。

拳はめり込んだものの、貫けない。

「お前硬すぎだろ」

横からくる堕天使のビームをしゃがんで躱《かわ》しつつ、後ろからの阿修羅のパンチを紙一重で横に避ける。

「鬱陶《うっとう》しいから消えろ！」

全体重を乗せて阿修羅の頭にハイキックを入れると、相手の首から上が粉々に吹き飛んだ。

レベルアップの音が響く。

どうやら阿修羅はスピードに特化した魔物だったらしい。

「よし、まずはいっぴ――うわっ!?」

突然頭上から雷が降ってきた。

人外の反応速度により腕を掠《かす》るだけで済んだが、まともにくらっていれば丸焦げだっただろう。

瑠璃が周りを警戒しつつも一瞬だけ上を確認すると、空中に翼の生えた女の子の天使がいた。

背中に魔法陣のようなものが張り巡らされている。

「あいつの仕業か。厄介だし、先に仕留めとくか」

全身包帯の化け物による鎖の攻撃をしゃがんで躱し、その勢いでジャンプ。

「かわいい見た目をしていようと、俺に歯向かうやつは容赦なく殺す！」

近づくのと同時に、天使の顔面に左フックを合わせる。

相手の頭が一瞬で破裂した。

再びレベルアップの音が響く。

「あぁ……。死と隣り合わせで戦えるのはやっぱり楽しいな」

落下しながら、瑠璃はそんなことをつぶやくのだった。


凄まじい強敵たちと戦い始めて、かなりの時間が経過した。

今現在、このオリハルコンの部屋で生きているのは一人と一体だけ。

片方は全身血だらけの瑠璃。

戦いの最中に布の服が破れてしまい、上半身裸になっていた。

片目が腫れすぎてもう開いていない。

そしてもう片方は巨大な白竜。

こちらはほぼ無傷だ。

周囲には100を超える魔物の死体が転がっており、最初は綺麗だった水色の床が真っ赤に染まっている。

「はぁ、はぁ……。だめだ、こいつにだけ攻撃が通用しねぇ」

そう言いつつ、瑠璃はジャンプをして尻尾の薙ぎ払いを躱す。

攻撃が当たらないように気を遣うべき味方がいなくなったからだろう。

最初に比べて白竜の動きが数段よくなっている。

だがそれでも瑠璃のほうが敏捷性《びんしょうせい》は勝っていた。

「足りていないのは、攻撃力なんだよな」

実際瑠璃の攻撃は、めり込んではいるが跳ね返されているのだ。

ダメージを全く与えられていないわけではないが、攻撃をしている本人にはその実感がわいていない。

「……そういえば、この部屋にきてからいくつかレベルが上がっていたよな？　ポイントを全部攻撃に振ってみるか？」

もしかすると何か現状が変わるかもしれないと思い、瑠璃は走り出しながらステータス画面を開く。

それと同時に白竜が白い炎を吐いた。

狙いは瑠璃の進行方向だろう。

「あぶねっ！」

彼は急いで急ブレーキをかけ、反対へと走り出す。

白い炎は魔物の死体を一瞬にして消滅させた。

水たまりのように溜まっていた血も、その部分だけが蒸発している。

床に全くダメージがないのはさすがオリハルコンと言えるだろう。

そんな白い炎の威力を見ていた瑠璃は、思わず目を見開く。

「あれをまともにくらったらさすがの俺でも死ぬだろ。……避けてよかった」

それから白竜の尻尾による振り下ろしを横ステップで躱し、ステータス画面へと目をやると、なんとレベルが一万近くも上がっていた。

「は、マジで？　こいつらそんなに経験値を持っていたのか？」

ちなみに白竜を倒すことができれば、今の瑠璃のレベルであっても一気に五千ほど上がるのだが、彼はまだ知らない。

「とにかく！　これだけレベルが上がっているなら、攻撃が通用する可能性はある」

瑠璃は白竜からの攻撃をひたすら避けながら、ステータスとスキルのポイントを割り振っていった。

ポイントの使い方はもちろん、攻撃力に極振り。

「これで少しはまともになってくれよ」

そうつぶやき、彼は白竜に近づいていく。

「グォォォ！」

迫りくる尻尾による連続攻撃をなんとか躱し続け、ようやく足元に到着した。

すると白竜は突然翼を羽ばたかせて空中へと浮かび始める。

「おせぇよ。必殺、全力パンチィ！」

腕力にものを言わせて、白竜の下半身をぶん殴った。

ほんの少しだけ皮膚が抉《えぐ》れる。

「グァォォ！」

白竜は鬱陶しそうに体を回転させつつも、天井のそばまで浮かび上がる。

瑠璃はにやりと笑みを浮かべた。

「はぁ、はぁ……。よし、これならいける。勝てるぞ」

空中にいる白竜が大きく口を開いた瞬間、彼は全速力で移動を始めた。

そして途中で急ブレーキをかけ、反対方向へと走り出す。

「そんなもん当たらねぇよ」

宣言通り、白い炎が瑠璃に命中することはなかった。

そう、彼はもうすでに相手の行動を完全に把握していた。

白い炎を放射する際、白竜は大きく息を吸ったあとで、相手の移動速度を計算して放射している。

つまり途中で進行方向を変えてしまえば、簡単に躱せる。

それもこれも、彼の並外れた速度があってこそだが。

「グォォォ……」

瑠璃をじっと見つめる白竜。

どうやら白い炎は当たらないと判断したらしい。

「さて、どうしたものかな」

相手の攻撃は当たらないが、瑠璃も白竜に致命的なダメージを与えることができない。

このままだと体力勝負になるだろう。

「どっちが先にくたばるか、勝負だ！」

「グァァァ！」

まるで返答するかのように咆哮を上げながら、白竜は瑠璃に向かって急降下を始めた。

彼は軽いフットワークを生かして体当たりをギリギリで躱しつつ、相手の下半身に右フックを入れる。

更に通り抜けざまに尻尾へミドルキック。

「はぁ……はぁ……」

瑠璃は再び天井のそばへと上がっていく白竜を見つめる。

「宙に浮いているのは疲れるだろ。さっさと下りてこいよ」

白竜は確かに体力を消耗し続けていた。

なんせ重たい体を浮かせるためにずっと羽ばたいているのだから。

対して瑠璃のほうは、100体以上の魔物と同時に戦っていた際に消耗した体力が、徐々に回復してきている。

どちらが有利かはあえて言うまでもなかった。

これ以降は地味な戦いになったため結果だけを言うが、最後に生き残っていたのはやはり瑠璃だった。

戦闘が終わったあと、彼はすぐさまその場に腰を下ろす。

「ふぅ……久しぶりにめちゃくちゃ楽しかったぞ」

さすがにファーストステージのダンジョンほどではなかったが、それなりに怖い場面はあった。

金属スライムを相手に鬼のようなレベル上げをしていなかった場合、死んでいたのは瑠璃のほうだっただろう。

「にしてもこれでセカンドステージは…………て、あれ？　今回はなんのアナウンスもされないな。まだクリア条件が揃っていないのか？」

彼は周りを見渡す。

しかしいくつかの死体が残っているだけで、特に気になる物はない。

「ま、この部屋の探索はあとにして、とりあえず休もう。喉が渇いたし疲れた」

瑠璃は白竜の血と生肉を食し、すぐにその場で眠りについた。

さっきの強敵たちとの戦いはもちろん、わずか一日でここまで攻略してきたこともあり、かなりの疲労が溜まっていたのだ。


一時間後。

「――っ!?」

何者かに攻撃されて吹っ飛びながら、瑠璃は目を覚ました。

空中で体勢を整えつつ周囲を見渡すと……先ほど倒したはずの強敵たちが全て復活している。

「は？　いや、ちょっと待てよ。まさかこいつら、普通の魔物と同じで無限に湧いてくるのか？」

瑠璃は再び360度強敵に囲まれていた。

前回の魔物たちの死体がまだ残っているにもかかわらず、全く同じメンツが揃っている。

最初に阿修羅が三本の腕でパンチを繰り出してきた。

「邪魔するな。今考え事してんだよ！」

重い身体に鞭を打ってほんの少しだけ横ステップをして躱し、相手の後頭部を思いっきり殴った。

阿修羅の頭が一瞬にして破裂し、レベルアップの音が響く。

「……すごく嫌な予感がする」

瑠璃はこの時、ここが転移トラップによって連れてこられた場所ではないかと想像した。

「そういえばあの階段を踏んだあと、気づいたらここにいたしな」

事実、瑠璃の推測は当たっていた。

あの階段はダンジョンに仕掛けられていた罠であり、触れた対象をこの地獄のような部屋に閉じ込めるというもの。

きちんと勉強している冒険者が慎重に確認していれば、いつもの白色とはほんの少しだけ色が違ったため気づけていたはずなのだが。

あいにく瑠璃はその辺の知識については疎《うと》かった。

「もし仮に階段が罠だったとするならば納得がいく。どうりで魔物が強いわけだ」

明らかに今までの相手とはレベルが違う。

ただ、ダンジョンもまさか倒されると思って白竜たちを設置しているわけではない。

侵入者を確実に殺すためのトラップなのだから。

つまり現状でなんとか生き延びている瑠璃がイレギュラーなのだ。

瑠璃は雷と改造ゴリラのパンチを同時に避けて、大ジャンプをする。

そして、浮かんでいるかわいらしい天使を殴って絶命させた。

レベルアップの音が聞こえる。

「もしかすると俺……やばくないか？」

落下と同時に八首の大蛇の上に乗って全力のパンチを放つと、相手の胴体から血が噴水のように出てきた。

再びレベルアップの音が響く。

「生き残るには……えっと、何か方法はないか」

続いて堕天使と蜘蛛が混ざった魔物の上に飛び移り、心臓をパンチで貫く。

レベルアップの音が聞こえた。

「こいつらを全滅させても何も起こらなかったし、出口があるわけでもない」

そもそもこの巨大な部屋のなかには、何もないのだから。

「参ったな。これじゃあダンジョン攻略に戻れない」

この絶望的な状況でも、瑠璃は死ぬとは思っていない様子。

「とりあえずこいつらを倒しながら脱出する方法を考えるか」


しばらくして。

相手は残り白竜のみ。

瑠璃は相手からの攻撃を避けつつ、ステータスとスキルのポイントを割り振っていった。

今回も全て攻撃力に全振りである。

「いろいろ考えたが、やっぱり壁とか床を破壊してみるしかないよな。そもそもここがどこに位置しているのかはわからないけど、穴を掘り続けたらどこかに出る可能性が高いし」

そう言いながら白竜に近づき、下半身にパンチを入れる。

すると拳が相手に突き刺さった。

「おっ、手ごたえあり」

「グォォォ！」

白竜が暴れ始めたため、瑠璃はいったん距離を取る。

「でも見た感じ、この部屋の面《めん》全てがクリスタルに似ているんだよな。あの、俺が本気で殴っても傷ひとつつかなかった床と同じやつ」

彼は知らないが、オリハルコンという超希少な鉱物である。

「今の俺ならもしかするといけるかもな。白竜にもダメージが通用するようになってきているし」

瑠璃は再び暴れている白竜に近づいていく。

「まあとにかく何を試すにしても、こいつが邪魔だ」

白い炎や尻尾による薙ぎ払いを避けて、相手の足元に潜った。

そして、身体能力にものを言わせた連続パンチを放っていく。

全力のパンチに比べると一発のダメージは軽いが、とにかく手数が違う。

短時間の間に相手の片足は傷だらけになった。

その後、かなりの時間をかけて再び白竜を倒すことに成功した。

「さてと」

白竜を倒してポイントを全て攻撃力に割り振った瑠璃は、拳を握る。

「本当に壊す気でいくぞ。……おりゃあ!!」

叫びながらオリハルコンの壁を思いっきり殴った。

瞬間、凄まじい衝撃と痛みが拳を襲う。

「――っ!?　……マジで痛い」

しかも壁には傷ひとつついていない。

「嘘だろ。まだ威力が足りないのかよ」

瑠璃は手応えすら感じることができていなかった。

だからこそ笑う。

「じゃあもっとレベルを上げるしかないな」


一ヶ月後。

オリハルコンの壁に少しだけヒビを入れられるようになった。

自動修復によってすぐ元通りになるが、立派な進歩だろう。

そして瑠璃がこの部屋で一ヶ月過ごしてようやく気づいたことだが、どうやら魔物たちは全滅した一時間後に復活するらしい。

つまり一体でも生き残っていた場合、復活することはない。

魔物の死体はダンジョンのシステム上、倒してから一日経たないと消滅しないため、瑠璃はずっと死体が溜まった状態で戦い続けている。

ちなみに少し汚い話になるが、魔物の死体の上で用を足した場合、なぜか死体が消えるタイミングで一緒に消滅していく。

それは拭く紙として使用していたドロップ品の薬草も同じであり、生きていないと判断される物を魔物の上に置いておくと消えていくのだ。

瑠璃はこのことにファーストステージの段階で気づいており、同じ階層で何年過ごそうと特にトイレ関連で困ることはなかった。

彼はひたすら魔物を全滅させ、空いている一時間で食事を済ませたり、睡眠をとったり、ポイントを割り振ったりと、わりと忙しい毎日を送っていく。


更に一ヶ月後。

オリハルコンの壁をほんの少しだけ砕けるようになった。

普通の人であれば、精神がおかしくなるような生活をしているにもかかわらず、瑠璃はむしろ楽しくなってきていた。

なんせレベルの上がるスピードが今まで以上に速く、急成長しているのだ。

絶対に壊せないはずの壁を壊すという無茶な目標にだんだんと近づいている感覚が、彼にやり甲斐を与えていた。


更に三ヶ月後。

壁を殴り続けることによって、ちょっとずつ掘れるようになってきていた。

オリハルコンを殴るたびに拳が痛いのと、パンチ速度を上げたいというのもあり、瑠璃は最近素早さと防御力も鍛え始めている。

ちなみに昨日、彼は全力の右ストレートで白竜をワンパンできるようになった。

それから一年後。

ついにその時はやってきた。

「今日こそは絶対にいける。…………よし、始めるぞ！」

瑠璃は真剣な表情で拳を構え、

「――おりゃぁぁぁ！」

大声を上げながら全力で壁を殴り始めた。

防御力がかなり増えたため、拳にかかる負担は昔に比べてある程度軽減されている。

しかし攻撃力が圧倒的にずば抜けているからだろう。

殴るたびに瑠璃の拳から血が噴き出す。

「まだまだぁー！」

彼は連打の速度を上げていく。

もしオリハルコンのことを知っている人がこの光景を見れば、開いた口が塞がらないはずだ。

最も頑丈だとされている物を、素手で破壊しているのだから。

要するに現状で瑠璃が壊せない物質は、この世に存在しないことになる。

「早く外に出させろ！」

瑠璃はもうこの部屋に飽きていた。

その一番の理由は、魔物を全滅させると一時間も暇になるからだ。

最初のほうは体力を回復させるのに必死だったが、今では魔物１００体との戦闘が余裕すぎるため、毎回物足りない感がある。

その間、敵を倒してレベル上げできないのが彼にとってはすごく憂鬱《ゆううつ》だった。

「もうすぐだろ……おっ、きた！」

バリンッ！　と割れた感覚がしたかと思えば、オリハルコンの壁に穴が開いていた。

「て、なんだこれ!?」

壁の先には、虹色に光り輝く膜が張られている。

「とりあえず壊れろ！」

瑠璃が膜に向かって全体重を乗せたパンチを放つと、ほんの少しだけ拳が沈んだ。

「は？」

オリハルコンをも破壊する威力があるにもかかわらず、全て膜に吸収されていた。

そうこうしている間にも、壁の自動修復が行われていく。

「くそっ、いったん諦めるか」

瑠璃は後ろへ下がった。

「せっかく外へ出られるかと思ったのに、なんなんだあの変な膜は？」

実は、彼は異空間のなかに閉じ込められていた。

これがセカンドステージの恐ろしさである。

罠にはまったが最後、二度と外へ出ることは不可能。

一応空間そのものを破壊すれば脱出可能だが、そんなことができる者は誰一人として存在しない。

物質の頑丈さなどという次元の話ではないのだから。

「ま、よくわからないけど、とりあえずもう少しレベルを上げればなんとかなるだろ」

そう言って瑠璃は床に寝転がった。

Chapter 2-2

あれから一年後。

まだ瑠璃は異空間の膜を破壊できず、オリハルコンの部屋に閉じ込められていた。

「はぁ……。かなり攻撃力が上がっているはずなんだけど、全然手ごたえがないぞ」

膜から離れつつ、瑠璃はそんなことをつぶやいた。

まだ余裕とまではいかないけど、オリハルコンの壁を破壊するのもかなり簡単になってきている。

なのに膜に関しては全くなんの変化もないのだ。

それでも瑠璃の目は決して諦めていない。

「早く外に出たいけど、あの変な膜が破れないんだからしょうがない。……俺は俺のできることをするだけだ」

瑠璃がそう宣言した次の瞬間。

少し離れた位置に、一人の女性が出現した。

「!?」

突然のことに、瑠璃は言葉が出てこない。

十代後半に見えるその女性は、絹のように綺麗な白髪ロングヘアーで、前髪が目の上付近で整えられている。

かわいらしい顔つきで身長は低めだ。

真っ白の鎧と、短剣を装備している。

そんな彼女がゆっくりと目を開いた。

「……っ！　魔物の死体？」

「……」

驚いたような表情で周囲を見渡す女性に対し、彼は何も言わない。

「ここは……どこ？」

「……」

興味なさそうにその場へ座る瑠璃。

彼はそもそも他人に関心がなく、視界に入る異性がいくら美人だったりかわいくても、昔からただの人間としてしか映っていなかった。

20代の男であれば性欲があってもいいはずなのだが、瑠璃の場合はそれが全て戦闘欲に変換されている。

とそこで、女性と瑠璃の目が合った。

「……えっと、あなたは？」

そう尋ねられた彼は、一応とばかりにそっけなく返答する。

「琥珀川瑠璃」

「……こはくがわ、るりさん？　どこかで聞いたような名前ですね。えっと私は鳳蝶月《あげはちょうるな》と申します。いえ、それよりもここはどこでしょうか？　それとこの凶悪そうな魔物たちの死体は、あなたが？」

質問が多いなと思いながらも、彼はひとつずつ答えていく。

「ここはどこかの部屋。こいつらは全部俺が殺した」

すると鳳蝶は怯えたように後ろへ下がりつつ、口を開く。

「そ……そうですか」

瑠璃は無言で寝転がり、目を閉じた。

「そういえば私……村雨さんにお願いされて、階段が罠かどうかを確認しようとしていたようなな」

鳳蝶は顎に手を当てて思考していく。

実は彼女、20歳にしてあの有名な大規模ギルドである天神ノ峰団の一員だった。

罠の発見や解除を専門としていて、ゲームの職業で表すならば盗賊というやつだ。

「……階段の目の前で躓《つまず》いたようなおぼえがあります。で、気づいたらここにいて。えっと、つまりあの階段には罠が仕掛けられていて、私はそれにかかったってことですか？」

鳳蝶は再び周りを見渡す。

「見た感じ出口はなく、この壁は……まさか、オリハルコン!?」

ようやく状況が把握できたらしく、彼女は絶望したようにぺたんと女の子座りをした。

鳳蝶は若くして大規模ギルドに所属していただけあり、優秀でいろんな知識を持っている。

ゆえに、罠の恐ろしさとオリハルコンの硬さを知っていたのだ。

「そんな……。まだダンジョンを出現させた元凶を見つけていないのに」

そんな彼女の言葉に、瑠璃が反応する。

「ダンジョンを出現させた元凶？」

「えっ、あ、はい。……存在するかはわからないですけど、私はダンジョンを創った人を探して復讐したいんです」

「へぇ……」

「ダンジョンのせいで両親が死にましたから」

「ま、ダンジョンは危険なところだし、入った本人たちの責任だと思うけどな」

「そんなことわかってますよ！　でも、ダンジョンさえなければ、二人が死ぬことはなかったんです」

「ふ～ん」

「…………あの、突然ですが、ちょっと私の過去話を聞いてもらえませんか？」

「別に興味ないけど、喋りたいなら勝手に語ればいいぞ」

「言い方がムカつきますけど、じゃあ喋らせてもらいます。あれはダンジョンが出現した日のことでした——」


十年前、ダンジョンが出現した日。

日本は大混乱に陥っていた。

大ニュースだと言わんばかりに報道陣が近づいたり、興味本位で大勢の一般人がダンジョンへ入ったり、それらを規制するために警察が動員されたり。


【突然秋葉原にダンジョンが出現！】

【ダンジョン内で相次ぐ死者】

【急遽、内閣府が重要政策会議を開催】

【至るところで交通規制！　ダンジョンの影響か】


テレビやネットニュースなどを全て含めても、このようなダンジョン以外の話題が一切報道されていなかったため、不祥事《ふしょうじ》を起こした芸人たちはきっとダンジョンに救われていたことだろう。


そんななか、当時十歳だった鳳蝶月は親友の女の子と二人で小学校から帰宅していた。

いつもより周りが騒がしいとは思っていたが、この時はまだダンジョンのことについて知らなかった。


「月ちゃん、今日は家族で誕生日会をするんだよね？」

「ふふっ。お父さんとお母さんが言うには、とっておきのプレゼントがあるんだって」

「へぇ、いいなぁ～」

「何がもらえたかは明日教えるね」

「うん」

「じゃあ私こっちだから、またね」

「またね！」

違和感に気づいたのは、友達と別れた鳳蝶が自宅へと到着した時だった。

「ただいま〜」

靴を脱ぎながらそう言ったのだが、両親からの返答はなかった。

「？」

いつもなら元気な声が返ってくるのに、と思いつつも月がリビングへ移動すると、やはり誰もいない。

机にはケーキなどの豪華な食事が揃っているなかで、置き手紙が一枚あった。

さっそく彼女は手に取って読んでいく。

【愛しの月ちゃんへ。本当ならネックレスをプレゼントする予定だったけど、キラキラ光る物が大好きな月ちゃんのために二人でもっとすごいお宝を取ってくるから、お母さんたちが戻るまで料理を食べながら待っていてね】

「何これ、どういうこと？」

とその時、つけっぱなしになっていたテレビからニュースの声が耳に入ってきた。

どうやら秋葉原に突然ダンジョンが出現したらしい。

最初はゲームか何かの話をしているのかと思っていたが、どうやらこの現実世界に現れたようだった。

とあるニュースキャスターが、大勢の人が巨大な階段へと押し寄せている様子をヘリコプターから実況している。

その瞬間、鳳蝶は嫌な予感がした。

「まさか。……お父さん、お母さん⁉」

走り回って家のなかを探すも、やはり二人の姿はない。

再びリビングへと戻ってくると、テレビでは新たな情報が提供されていた。

どうやら頭のなかで【メニュー】と念じると、メニュー画面が出現するらしい。

「何それ、馬鹿みたい」

そうつぶやきながらも一応脳内で【メニュー】と念じてみると、本当に目の前に出てきた。

「嘘っ？　こんなのまるでゲームみたい」

テレビのリモコンを操作してどこのチャンネルに変えても、ダンジョンやメニュー画面についての報道しかされていない。

その後、鳳蝶はとりあえず待つことにした。

料理に手をつけることなく、ただひたすら二人の帰りを待つ。

だが結局、両親が戻ってくることはなかった。

自宅に訪れた警察官によって両親の死亡を伝えられた瞬間、彼女は泣き崩れた。

キラキラなお宝なんて望んでいなかった。

ただ二人が無事に帰ってきてくれれば、それでよかった。

警察官が児童保護施設がどうのこうのと言っていたが、彼女の耳には入っていない。


警察官が帰って30分後。

やっと泣きやんだ鳳蝶の心には、ダンジョンへの復讐心が生まれていた。

「誰が創ったのか知らないけど、絶対に殺す」

それ以降の彼女の行動は早かった。

まずは庭に土を盛っただけの二人のお墓を作った。

それからキッチンにあった包丁を鞄に入れて自宅をあとにし、押し寄せる大勢の一般人と自衛隊や警察の攻防による騒ぎに乗じてダンジョンへと入り、ひたすら魔物を殺して先に進み続けた。

だが、女子小学生である鳳蝶に限界が訪れるのは早かった。

最初はスライムや角の生えた兎などの弱い魔物ばかりだったが、そのうち武器を持った人型のゴブリンなどが出現するようになってくる。

それでも復讐心に駆られていた鳳蝶は止まらなかった。

ゴブリンに腕を折られつつも、包丁で心臓を突き刺し、なんとか一体を仕留めた時、ふと自分がゴブリンの群れに囲まれていることに気づいた。

総勢十体はいる。

だけど彼女は止まらない。

包丁を持って果敢に挑んでいく。

その結果、無数の傷を負って血まみれになり、身体が動かなくなった。

そしてとどめを刺されそうになった瞬間に助けにきたのが、現在の天神ノ峰団の団長こと村雨だ。


「――その後、私は村雨さんと行動をともにするようになったんです。でも、その復讐するという目標も潰《つい》えました」

「なんで？」

「私たちは今、オリハルコンの部屋に閉じ込められているんですよ？　脱出できるわけないじゃないですか！」

鳳蝶は言い切った。

「へぇ。この床とか壁の物質って、オリハルコンっていう名称なんだ。……知らなかった」

「オリハルコンはこの世に存在する物質のなかで一番頑丈と言われていて、どんな武器やスキルを使おうと壊せる人はいません」

「俺、素手で壊せるけど」

「いやいや、そんなことあるわけが……」

彼女は最初馬鹿にしたような表情を浮かべていたが、途中で何かに気がついたのだろう。急に顔色を変え始めた。

「……そういえばあなたの名前、こはくがわるりって言いましたよね？　まさか、あのランキング一位の!?」

「うん。俺が第一位の琥珀川瑠璃」

別に隠す理由もないため、彼はあっさりと認める。

「本当に存在していたんですか!?」

「どういうことだ？」

「一人だけレベルの桁がおかしいので、世間ではいろいろと噂になっていたんですよ。ランキングのバグだとか、どこかの天才がふざけてランキングを書き換えた、とか」

「いや、ちゃんとここに存在してるから」

「それが本当だとすれば、確かにオリハルコンを壊せても不思議ではないですね」

「……」

「あれ？　じゃあなんで脱出しないんですか？」

鳳蝶が当然の疑問を投げかけた。

「脱出しないというか、できないんだよ」

「？」

「オリハルコンとやらの壁の向こうに膜みたいなのが張られていて、それがどうしても壊せない」

「膜?」

「なんか、虹色に輝いているやつ」

「それは私も知らないです。でも琥珀川さんのレベルでも壊せないとなると、誰の手にかかっても不可能でしょう。やっぱり私の復讐もここまでですね」

「俺はいつか出るつもりだけどな」

「えっ?」

「周りに魔物の死体があるだろ? こいつらは全滅すると一時間後に新しく出現するんだ。だから俺はもう何年もここでレベル上げをしている。俺の夢のためにな」

「夢?」

「お前は、存在しているかどうかもわからないダンジョンを創ったやつに復讐したいんだよな?」

「……馬鹿にしてるんですか?」

「うん」

瑠璃は頷いた。

「やめてください」

「でも、同じ馬鹿がもう一人ここにいるから」

「はい？」

「俺もさ、ダンジョンを生み出したやつに会ってみたくて、ひたすらレベルを上げて攻略し続けているんだよ」

「えっ」

「最初はゲーム感覚で誰よりも早くダンジョンをクリアしたかっただけなんだけど。……それはこの前変わった。なぜ地球に突然ダンジョンやレベルシステムが現れたのか、その理由が知りたい。ファーストステージをクリアした時のアナウンスを聞いた瞬間、俺はふと思ったんだ。もしかするとダンジョンを創ったやつがどこかにいるんじゃないかって」

「……なるほど」

鳳蝶が納得したように頷いた。

「で、そいつを探すための手掛かりはきっとダンジョンにしかない。……だから俺は諦めるつもりはない。たとえ何十年かかろうと絶対に生きてここから脱出する」

「でもダンジョンを進んでいくと、もっと危険なことが待ち受けているかもしれないんですよ？　セカンドステージで二人ともこのざまですし」

「まあな」

そう言って微笑む瑠璃。

「私、実は最近……復讐するのをやめようかと思っていたんです。危険を冒してまでダンジョンに入ってそのなかで死んだら、きっと天国にいる両親は悲しむんじゃないかなって。……安定した職業に就いて、愛する人を見つけて、子どもを産んで。そういう真っ当な人生を送ったほうがいいんじゃないかって」

「別にそれでいいんじゃないか？」

瑠璃は他人の生き方に興味がなかった。

「やっぱりそうですよね」

だけど彼は、ほんの少しだけ彼女に共感していた。

だから自分の考えを嘘偽りなく伝える。

「でも、大切なのは命の長さじゃない。生きている時に何ができるか」

「えっ？」

「俺はそう思うけどな」

「いきなりどうしたんですか？」

「俺は俺がやりたいことのためなら別にいつ死んでもいいと思っている。だけど親を悲しませたくないから死にたくない」

「なんですか？　それ」

鳳蝶が微笑みながら尋ねた。

「矛盾しているだろ？　でもこれが俺の生き方だから」

「……ちょっとだけ言いたいことがわかるような気がします」

「だろうな。俺とお前はどこか考え方が似ている。……もしかすると生まれて初めて他人に興味を持ったかもしれない」

「そ、それってどういう……」

「なぁ。ここから出ることができたら、俺と一緒にこないか？」

「えっ？」

「まあどうせ時間はたっぷりあるし、じっくりと今後の生き方について考えたらいい。……ダンジョンの攻略をやめて真っ当な職業に就いてもいいし。俺と一緒にきて神様でもなんでも見つけて復讐をしてもいい」

「……」

彼女の返答は無言だった。

「ちなみにお前がどっちを選ぼうと、俺はダンジョンを進み続ける。……なんなら一人のほうが効率がいい」

「誘っているのか、きてほしくないのかどっちなんですか！」

「別にどっちでもいい。お前の人生を強制する権利は誰にもない」

「それはそうです。私は自分が生きたいように生きますよ。出会って初日のあなたに強制されたくはありません」

「うん。やっぱり俺と考え方が似ているな」

「……ちなみに同族嫌悪《どうぞくけんお》って言葉知ってます？」

唐突に鳳蝶が尋ねた。

「ん？」

「人間って自分と似た性質を持つ人に対して、嫌悪感を抱きやすいんですよ。だから私たちがずっと行動をともにしているとお互いに気分を害する可能性があります」

「だけどそれは相手のことを思っているからこそ、そういう感情が出てくるわけであって、本当に嫌いで苦手なやつを目の前にすると、興味すら出てこないけどな」

「？」

「要するに、嫌悪感をひっくり返したら好きになれるってわけだ」

「ひっくり返せないからみんな同族に嫌悪感を抱いているんじゃないんです？」

「いや、それはあくまで世のなかを三次元空間としてとらえた場合の考え方であって、自分の思考をさらなる次元へとレベルアップすることができたら、簡単にひっくり返る」

「さっきから何を言っているんですか？」

「それが理解できないということは、お前はまだ三次元レベルの思考回路ってことだ」

「琥珀川さんってもしかして、かなり頭がおかしい人なんですか？」

「頭がおかしいというのは、言わば他の人とは異なるってことだろ？　つまり抜き出た才能を持っているとも言える」

「……はぁ」

「まあその辺については、四次元へと上がってこられたら自《おの》ずとわかるはずだ。それよりもお前――」

「――そのお前って言うのそろそろやめてもらえません？　私には鳳蝶月という名前があるので、鳳蝶とでも呼んでください」

「わかった。……おい、お前」

「全然わかってない！」

鳳蝶がかわいい声でツッコんだ。

「あと少ししたら大量の魔物たちが復活するから死なないように気をつけろよ」

「えっ……」

「ちなみにお前レベルいくつ？」

瑠璃が尋ねた。

「ふふんっ、よくぞ聞いてくれました。こう見えてもレベルは７２００を超えているんですよ？　世界ランキングで言えば九位です」

「弱っ!?」

「琥珀川さんのレベルを基準にしないでください！　おかしいのはあなたです」

「おかしいと思うからおかしいと感じてしまうんじゃないのか？」

「うん。全然言っている意味がわからないです」

「早く四次元へと上がってもらわないと、会話が成立しないな」

「一応聞いておきますけど、どうやったらその四次元とやらにたどり着けるんですか？」

「そう疑問に思う時点で不可能だ」

「舌打ちしてもいいですか？」

「さっき自分が生きたいように生きるとか言ってたじゃん。別に好きにすればいいだろ」

「……ちゅっ」

鳳蝶が口を尖らせてそんな音を出した。

「…………お前の舌打ちキモいな」

「ほっといてください！」

「話は変わるが一応俺はお前を守ってやるけど、自分でも生き残る努力をしろよ？　なんせいきなり１００体以上の魔物に囲まれるからな」

「ひゃ、ひゃくたいですか!?」

「ああ」

「それ、大丈夫なんですか？　私死にませんかね？」

「知らん」

「女の子相手に冷たすぎますよ」

「男とか女とか、よくそんな貧しい発想が出てくるな。……たとえば友達とかでも、あれって気づいたらなっているものだろ？　どこからが友達でどこからが他人なのかっていうわけのわからん疑問を抱いている時点で、友達なんて１００パーセントできないし、そんな三次元の思考回路にいる限り真の正解には絶対たどり着け――」

「――あ、あの！　魔物を倒すんでしたら、私とパーティーを組んでもらえませんか？」

「パーティー？　別にいいけど、どうやるんだ？」

「私から申請を送るので、承諾してください」

そう言ってメニュー画面を操作し始める鳳蝶。

「で、そのパーティーとやらになるとどんな恩恵が受けられるんだ？」

「えっとですね。基本的にはメニュー画面にパーティーメンバーのステータスが表示されたり、獲得経験値がそれぞれに分配されたり。……あっ、今申請がいきました」

「……」

瑠璃は速攻で【拒否】を押した。

「あ、ありがとうございま……って、何してるんですか!?」

「獲得経験値が分配されるってことは、要するに俺に入る経験値が半分になるということだろ？」

「えっ、ええ。まあそうですけど」

「そんなのだめに決まっている」

「じゃあ私はどうやって強くなればいいんですか!?　こんな見た目の魔物、私では一体も倒せませんよ？」

「別に倒さなくていいぞ。経験値がもったいないし」

「あなた、そうとうな自己中野郎ですね」

「悔しかったら俺から獲物を横取りしてみろ」

「言いましたね？　絶対私が一番強いのを仕留めてみせますから」

「了解……おっ、きたぞ」

瑠璃がつぶやいた瞬間、一気に100体以上の魔物が現れた。

改めて見るとものすごい圧力である。

どこを見ても、半端ない強さの魔物で埋め尽くされている。


その刹那、この部屋に閃光が走った。


正体は言わずもがな、瑠璃だ。

特別なスキルは何も使っておらず、ただ圧倒的なスピードで移動しているだけ。


魔物が出現して五秒後。

「はいお待たせ。とりあえず一番強い白竜だけは殺さずに残してあるから、あとは頑張って」

その直後、白竜以外の魔物が全て地面に倒れ、周囲が血の海になった。

彼の頭上からレベルアップの音が響く。

「……へっ？」

「ほらどうした？　あいつがこっちに向かってきているぞ」

「いつの間に倒したんですか!?　というかちょっと待ってください！　なんですか、あの巨大な白い竜は」

「白竜が吐く白い炎に当たると、お前のレベルなら一瞬で消滅するだろうから、気をつけてな」

「ちょ、ちょ……、倒してくださいよ」

「いや、お前が倒すって言ったんだろ？」

「申しわけありませんでした、前言撤回します！　お願いですから、あなたが倒してください」

「はぁ、了解」

瑠璃がため息を吐いてから一秒も経たないうちに白竜が絶命し、再びレベルアップの音が響いた。

鳳蝶は彼と白竜を一瞥《いちべつ》し、呆れたように口を開く。

「あなた……化け物ですね」

「お前も早くこっち側の人間になれ」

「あなたが敵を全滅させる五秒の間に、魔物を倒してレベル上げしろと？」

「うん」

「無理に決まっているでしょ!?」

「そう思ってしまうということは、お前はやはり三次元の考え方しかできていない」

「もうその話は結構です。わけがわからないんで」

瑠璃は生まれて初めて親以外の人間に本当の自分をさらけ出していた。

本人は気づいていないが、鳳蝶月に好意を寄せていたのだ。

初めての感情ゆえ、他とは何かが違う子、という認識しか抱けていないのだが。

それから二年後。


「私たち、もう出会って長いですよね？」

オリハルコンの床で寝転がっている鳳蝶が、ふとそんなことをつぶやいた。

出会った時と同じくかわいらしい見た目をしているが、装備は白い鎧から布の服へと変わっている。

「そうだな」

「男女が同じ部屋で何年も過ごしていたら、普通は何か進展があると思いません？」

「俺はこれでも一生懸命やっているんだけどな。……全然あの虹色の膜、破れる気がしないぞ」

「そういうことを言っているんじゃないんです。私と瑠璃さんの関係というか」

「あぁ、出会った頃に比べてかなり仲良くなったよな。まさか俺が誰かを名前で呼ぶようになるとは思っていなかった」

今現在、瑠璃は彼女のことを月と呼んでいる。

本人は【おまえ】という三文字よりも【るな】の二文字のほうが呼ぶのが楽という理由で始

めたのだが、実際はただそう呼びたかったからである。

一緒に過ごしていくにつれて、瑠璃が彼女へと寄せる好意はほんの少しずつ大きくなっている。

対する月のほうも、瑠璃のことがだんだん好きになっていた。

そして、彼女はいろいろと欲も溜まってきていた。

女性はある程度年を取っていくごとに性欲が増していくという話を聞いたことがあるけれど、まさにそれだろう。

月は最近、瑠璃との子どもを産むことを妄想することが多くなっている。

しかし、そうはならないのがこの二人。

原因は全て瑠璃にある。

「そういうことではなくてですね。その……」

「さっきからじれったいな。何が言いたいんだ？」

「若者が二人きりで何年も過ごしていたら、普通子どもくらいできますよねっていう話ですよ！」

「あー、なるほど。子どもの話か。……そうなのか？」

「私も男女の関係に詳しいわけではありませんので、具体的なことはわからないですけど、多分そうだと思います」

「へぇ……。でも、できないんだから仕方ないだろ」

「……はい？」

「待つしかないんじゃないか？」

「待つって、何を？」

「いやでもよく考えるとさ。……そもそも変な膜で閉じ込められたこの部屋にコウノトリが入ってくるのは不可能じゃないか？」

この時、月は理解した。

この男は赤ちゃんの作り方を知らない。

おそらく本気でコウノトリが運んできてくれると勘違いしているのだと。

「……もういいです」

「？　そうか」

「……ちなみに瑠璃さんは子どもが欲しいと思わないんですか？」

「めっちゃ思う」

「えっ？」

予想外の反応に、思わず目を見開く月。

「だってレベルが1からスタートするわけだろ？　だから、最初からステータスを攻撃力に極振りさせて、さっさとあの膜を破れる人間を作りたい。……今のレベルが高い俺とは違って、サクサク上がるだろうし」

「はぁ……。瑠璃さんに聞いた私が間違いでした」

「間違いかどうかは自分が判断することだろ」

「だから私が自分で判断したんです」

「ふっ、その考えに至るということは、月はまだまだ三次元の思考回路だな」

「そういう瑠璃さんもたまに三次元の思考回路になってますけどね」

「えっ……マジで？」

「マジです」

「嘘だろ？」

「そんな意味のない嘘なんてつきません。そんなことよりも！　何年もこの部屋にいて、レベルがひとつも上がっていない私のことをどう思いますか？」

「………別に？　魔物を倒せていない自分のせいじゃないの？」

「出現して一秒未満で全滅する魔物たちをどうやってレベル７２００の私が倒せばいいのか、ぜひ教えてもらえませんでしょうか」

「そう頼まれてはいないという可能性がある時とは真逆の場合、俺はどう答えなければよくないの反対なのかほんの少しだけ悩まないこともあるんだけど……」

月は顎に手を当てて30秒ほどじっくり思考し、口を開く。

「頑張りましたけど、言った意味がわかりませんでした」

「安心しろ。俺もわかっていない」

「真面目にしてください！」

「そうは言ってもさ。経験値を奪われたくないし」

「じゃあ、今後一生経験値が欲しいとは言わないので、一度だけパーティーを組んで敵を全滅させてください」

「えぇ……」

「お願いします！」

そう言って月は土下座をした。

「まあ他ならない月の頼みだし、一度くらいならいいか」

「えっ!?　いいんですか？」

「ああ。レベル７２００から一度でどのくらい上がるのかちょっと興味あるし」


というわけで、一度だけパーティーを組んで魔物を全滅させせた結果、月のレベルは７２００から一気に五万を超えた。

そして一瞬にして得た莫大なステータスとスキルのポイントを、彼女は何ヶ月も悩みながら慎重に割り振っていくのだった。

この日、鳳蝶月の名前がいきなりランキング第二位に浮上し、世間を賑わせていたのはまた別の話。

半年後。

「瑠璃さん！」

月が正座をしながら彼の名前を呼んだ。

「なんだ？」

「一生のお願いがあります。パーティーを組んで私のレベルを上げてもらえませんか？」

「おい！　この前、一生経験値はいらないみたいなことを言ってなかったか？」

「い……言ってません」

「いや、約束したし」

「それは三次元の考え方だと思います。つまり私は瑠璃さんにレベル上げを手伝ってもらって当然なんですよ。同じ四次元にいるのにそんなこともわからないんですか？」

「わからんな。……というかその考え方は俺とは違うぞ。間違えて低次元のほうに下降している可能性がある」

「絶対に違います」

瑠璃は一度「はぁ……」とため息をつき、口を開く。

「仕方ない。もう一度だけだからな」

「えっ!?　いいんですか？」

「もちろん嬉しいんですけど、今までの話の流れからして断られる感じだったじゃないですか」

「嫌なのか？」

「これが四次元の思考回路だ！」

瑠璃が得意気にそう言うと、月がジト目になった。

「……最近ようやく確信できたんですけど、瑠璃さんって適当に喋っていますよね？」

「適当に喋っているわけではない。でも、考えて喋っているわけでもない」

「何を言っているんです？」

「四次元にたどり着けばわかる」

「いつもそれじゃないですか。……どうせ自分でもわかっていないんでしょ？」

「そんなことよりもさ。前から思っていたけど、ランキングの上位たちって天神ノ峰団に所属している人が多くない？　月も含めて」

「都合が悪くなった途端、急に話を変えましたね。ま、天神ノ峰団は世界一の大規模ギルドですから」

「ふ～ん」

「私もその一員なんですよ？　すごくないですか？」

「俺は自分の力で強くなれる人のほうがすごいと思うけどな」

彼の言葉に月は納得したように頷く。

「うん。瑠璃さんならそう言うと思いました」

「そもそも一人のほうが経験値が全部自分のものになるし。大規模ギルドとやらは安全でいいかもしれないけど、俺には足を引っ張り合っているだけに見える。現に俺とここまでレベル差が開いているわけだし」

「それは瑠璃さんがおかしいだけなんですよ……。どうやったらそのレベルにたどり着けるのか、興味本位で教えてほしいです」

「ひたすら魔物を倒す。それだけだ」

「知っていましたけど、単純ですね」

「そう。世のなかとは本来単純なものなんだ。それをややこしくしているのが知性のある人間たちだと俺は思う。ただ獣のように経験値に飢えて戦い続けていれば、誰でも俺と同じように強くなれる」

「ちなみに、今まで死にそうになったりとかはしなかったんですか？」

「セカンドステージにきて以降はないけど、前のダンジョンでは結構死にかけていたぞ？」

「えっ？」

「具体的には何があったっけ。……スケルトンの錆びた剣が太ももに貫通した状態で三日続けて魔物の群れと戦った時とか。あーあと、両腕と片足が折れたまま格上の魔物たちに囲まれた時はさすがに諦めかけたな」

「もういいです。お腹がいっぱいになりました。まさか序盤の私よりもひどい目に遭っていたとは……」

「まだまだたくさんあるんだけど」

「……瑠璃さんって本当に人間なんですか？」

「俺ほど人間らしい人間もいないだろう」

「多分どこかが壊れていると思います」

「失礼なやつだな。っと、俺の勘によるとあと数秒で魔物たちが復活するから、経験値が欲しいならさっさとパーティー申請をするんだな」

「あ、えっ。ちょっと待ってくださいよ」


そんなこんなで、それなりに楽しくやっている二人であった。


更に五年の年月が流れた。

現在瑠璃が33歳、月が27歳である。

「むしゃむしゃ……ゴクッ」

年を取ってもほとんど変化のないかわいい顔に似合わず、月が無言で白竜を貪《むさぼ》っていく。

両手で生肉を口に運び、たまに血をがぶ飲み。

「月。お前、出会った頃に比べてワイルドになったよな」

「それ……くちゃ、くちゃ……褒めてます？」

「もちろんだ。俺は気を使わずに本能のまま生きているやつのほうが好きだ」

「そ、そうですか？」

「ああ」

「でも実際慣れてきたからなのかはわからないんですけど、魔物の生肉がおいしく感じるんです」

「よし……。いきなりだけど、どの魔物の肉が一番おいしいか同時に言おう」

「いいですよ」

「白竜！」

瑠璃だけが先に言った。

「ちょ、一緒に言おうって提案したのは瑠璃さんじゃないですか」

「お前が俺に合わせるべきだろ。で、なんの肉が一番なんだ？」

「間違いなく白竜ですね」

「気が合うな。やっぱり俺と月は似ているような気がするぞ」

「多分誰に聞いても白竜って答えると思います。食感とか味とか、全然レベルが違いますもん。焼いて食べたらもっとおいしいんでしょうけど」

普通ではお目にかかれず、また驚くほど強敵なだけあって、白竜の肉はかなり上質であった。

一流のコックが料理した場合、目玉が飛び出るほどの味になるだろう。

一日経てば消えてしまう魔物の肉が市場に出ることはほとんどないのだが。

「それはともかく、そろそろ挑戦するか」

そう言って瑠璃はドロップ品の布の服を着用していく。

ファーストステージの序盤のほうに出てくる敵が落とす物で、彼は大量に所持していた。

「えっ……あの膜ですか？」

「ああ。最後に挑戦したのは半年くらい前だっけ？　あの時点でもう少しでいけるような感覚はあったし、今なら壊せそうな気がする」

「それもそうですね」

「というわけで、月はオリハルコンの壁を頼むぞ」

「……えっ？　嫌ですよ？」

「はぁ？」

「だって手が痛いですもん」

「おい、なんのためにお前のレベルを上げてやったと思っているんだ！　結局１００万になるまで寄生していたくせに」

「本当ならもっとやってほしかったんですけど、瑠璃さんがケチなせいで１００万で止まったんです！」

「最初の約束と全然違うじゃねぇか。ったく、ただでさえ俺のレベルが上がりにくくなってきているってのに」

「そりゃー５０００万を超えていたら上がりにくくもなるでしょ。私のせいじゃありませんよ。というか今疑問に思ったんですけど、なんでそんなに上がるんですか？　どう考えても獲得経験値が私と一緒だとは思えないです」

「ああ、違うぞ」

「ですよねぇ～。って、えぇ!?　どういうことですか？」

「俺って独身なのにもかかわらず指輪をつけているだろ？」

「まあ、確かに。……てっきりおしゃれを意識してつけているのかと思ってましたけど、違うんです？」

「意味もなくこんな邪魔な物をつけるわけないだろ。正確にはおぼえていないけど、これは５００階層くらいのボスを倒した時に手に入れたんだ。昔見たアイテムボックスの説明欄によると、効果は獲得経験値が二倍になる」

「えっ、なんですかそれ。めっちゃずるくないですか？」

「ずるいと言われても、ここにいるということは、月たちのギルドメンバーも誰かが装備しているんじゃないのか？」

「いえ、確かに５００階層でボスが出てきましたけど、ドロップ品は何もなかったはずです」

「でも俺は間違いなくそこで入手した」

「じゃあ……運ですかね？」

「普段の行いだと思うぞ」

「あー、なるほど。普段の行いが悪いほど出やすいっていうシステムになっていたんですね。

そう言われたら確かに納得がいきます」

「おい！」

獲得経験値が二倍になる指輪は、５００階層を初めてクリアした者にのみ与えられるものであり、地球には存在しない物質でできたレアアイテムだ。

しかし二人がそのことを知る由もない。

「というか早くオリハルコンに攻撃しろ」

「私の攻撃力じゃどうせ無理ですって」

「全部は壊さなくてもいい。ちょっとでも壁を削ってほしいんだよ。月だってそろそろここから出たいだろ？」

「……そこまで言うならわかりました。私が手伝うからには絶対に破壊してくださいね」

「おう、任せとけ。ちゃんとパンチの名前も決めたからな」

「それ、絶対に関係ないですから」

「ツッコミはいいから、早くしてくれ」

「なんか腑に落ちないですけど、もういいです。それが瑠璃さんですし」

そう言いつつ、月はオリハルコンの壁へと近づいていく。

そして拳を構え、全力で何度も殴り始めた。

「はぁぁぁ。……ぬうぅぅぅ！　いったぁい。もう無理です」

拳に血を滲ませつつもほんの少しだけ壁を破壊したところで、彼女は横へとずれた。

「よし、あとは任せろ。必殺…………全力パンチィ！」

そう叫びながら瑠璃が本気で壁を殴った瞬間。


あまりの速度と威力に、空間そのものがねじ曲がった。


オリハルコンの壁が一枚の紙のように破れ、瑠璃の拳が膜を容易《たやす》く貫通していく。

同時に、この部屋が真っ白に輝き始めた。

「な、なんですか!?」

「知らん」

「ちょっ……なんか光ってますぅ」

「膜を壊せたから、外に出られるんじゃないか？」

「なんでそんなに冷静なんですか――」


気がつくと、瑠璃と月はセカンドステージの49階層にいた。

石造りの天井と壁。

オリハルコンの床。

「もうかなり前のことだけど、しっかりとおぼえている。ここ……罠の階段があったところだろ」

瑠璃がつぶやいた。

「あの階段がなくなっていますけど、確かにこんな部屋でした」

「ようし、さっそくダンジョン攻略を始めようぜ」

「切り替え早いですね」

「長いこと閉じ込められていたせいで、他の人に後れを取っているだろうし。早く進みたいんだよ」

「そうですか」

「で、結局お前は俺と一緒にダンジョンを創った元凶を探すのか？　それとも元いたギルドに戻るなり冒険者を辞めるなり、別の選択肢を取るのか？」

「そういえばまだ言ってませんでしたね。そんなの決まっているじゃないですか」

するとと瑠璃は下を向いて落胆しつつも、口を開く。

「……そうか。俺は結構月のことが気に入っていたんだけどな。まあ他人の人生を強制するつもりなんてないし、ここでお別れだ。今まで話し相手になってくれてありがとな」

「いえいえ、こちらこそ……って、違いますよ!?　私は瑠璃さんと一緒に行くつもりです！」

「えっ、そうなの？」

「はい。言ってなかっただけで、わりと早い段階で決心はついてました」

「そっか」

「まあでも、まだ天神ノ峰団に所属を置いている身なので、このセカンドステージから出たら団長の元へ話をつけに行こうと思います。ランキングを見る限りここ数年みんなのレベルが全く上がっていないので、もしかするともうダンジョンの攻略を辞めてしまっている可能性はありますけど……。とりあえず瑠璃さんも一緒にきてもらえませんか？」

「えぇー。面倒くさい」

「瑠璃さんがいたほうが話が早いような気がするんですよ」

「う～ん。ま、月の頼みだし別にいいか。話が長引きそうなら勝手に帰るからな？」

「それで構いません」

「そうと決まれば、さっさとこのダンジョンをクリアしよう」

そう言って瑠璃はオリハルコンの床を軽く殴る。


瞬間、床が爆ぜた。

粉塵が辺りに舞い散る。

「きゃっ!?　いきなり何するんですか」

「下の階層へと行くための階段を作った。一段で到着するぞ」

「わぁ～、すごいですねぇ。……こういうことをする時はあらかじめ言ってもらえます？」

「おぉ、すまん。というわけで行くぞ」

「絶対反省してないですよね」


第50階層。

瑠璃たちが穴から下の階層へと下りると、そこは巨大なオリハルコンの部屋だった。

「えっ……ここって今まで閉じ込められていた場所じゃないですか？」

月が不安そうに言った。

瑠璃は冷静に周囲を見渡しながら答える。

「いや、あっちに扉がある。この感じからしておそらくセカンドステージの最下層だろう」

「あ、ほんとですね」

とその時、部屋の中心に光が現れ始めた。

眩しいその光はだんだん何かの形になっていく。

十秒後に完成したのは、全長五メートルほどの巨大なゴーレムだった。

「シュッ」

ゴーレムが粉々になって砕けた。

光の粒子になって消えていく。

「……はい？」

眉を顰める月。

「ありゃ？　ジャブの風圧で終わった」

「何しているんですか！　せっかく強くなったんですから私に戦わせてくださいよ」

「なんかごめん。別に倒す気はなかったんだけどな……。セカンドステージの最終ボスだってくらいだから、拳の風圧くらいなら耐えられるかと思ってた」

「自分の力量くらい把握しておいてください。そんなんで外に出て大丈夫なんですか？　なんか街を破壊しそうな気がするんですけど」

「馬鹿にすんな。そのくらいのコントロールはできる」

「もうクリアしたのでファーストステージと同様、外にワープさせられると思いますけど、本当に秋葉原を壊すのはやめてくださいよ？」

「まあ、一応気をつけておこう」

「お願いします」

Chapter 3 《 THIRD STAGE 》

セカンドステージのラスボスを瞬殺した瑠璃《るり》たちは、秋葉原のダンジョン入り口前へとワープさせられた。


太陽が真上に存在しているため、どうやら今は真昼らしい。

二人は同時に背伸びをする。

「いやー、久しぶりに外へ出た気がするぞ」

「ですねぇ」

「で、さっそくだけどその団長とやらはどこにいるんだ？」

「えっと、これから一緒に冒険者ギルドまできてもらえますか？　おそらく受付嬢に聞けば、天神ノ峰団《てんじんのみねだん》のみんなが今どこにいるのか教えてもらえるでしょうし」

「おう」

そんな会話をして二人は歩き出す。

瑠璃と月《るな》がワープしてきた瞬間を、たまたま遠くから目撃していた二人の男性が目を合わせる。

「おい、さっきの二人。突然現れなかったか？」

「ああ俺も見ていたぞ。……ワープか？」

「そういえばダンジョンの最下層へたどり着くと、地上にワープさせられるという情報を耳にしたことがあるけど、新たにファーストステージかセカンドステージをクリアした冒険者なんじゃないのか？」

「いや、あの装備では無理だろ。だって二人とも布の服だったし」

「まあ……それなら見間違い、かな？」

「見間違いだろうな」

そんなやり取りをしつつ、彼らはファーストステージへと入っていった。

立派な四階建ての冒険者ギルド。

なかはたくさんの冒険者で賑わっており、机で報酬を分け合っている者、掲示板のクエストを見ている者、受付譲とやり取りをしている者など、さまざまだ。

「初めてきたけどすごいところだな」

瑠璃がつぶやいた。

「でしょ？　私も天神ノ峰団として活動している時は、よく利用してました」

「へぇ」

「あ！　あそこに立っている受付嬢は、私と仲がいいんです。行きましょう」

そう言って彼の手を引く月。

「おい、引っ張らなくてもついていくって」


受付前に移動すると、ショートカットヘアーの若い受付嬢が先に口を開いた。

「あれっ？　鳳蝶《あげはちょう》さんじゃないですか!!　レベルランキングの第二位になっていたんで、生きているのは知っていたんですけど、大分前に転移系の罠にはまったって聞いて心配してたんですよ」

「あははっ。まあ、この人のおかげでなんとか助かりました」

月が瑠璃を指さして答えた。

「とにかく無事でよかったです！　他の団員さんたちもずっと心配していましたよ？」

「えっといきなりで悪いんですけど、今日はその団員たちについて聞きにきました。しばらくみんなのレベルが上がってないみたいですけど、今どこにいますか？」

もしかすると自分が罠にはまったせいで責任を感じ、全員がダンジョンから身を引いてしまったのでは？　と月は前から疑問に思っていた。

「それが聞いてくださいよ。天神ノ峰団のみなさんはサードステージに挑戦しにいって以降、もう何年も帰ってきてないんです」

「えっ？」

「実はセカンドステージを初めてクリアしたあと、あの人たちはしばらくレベル上げに励んで、万全の状態でサードステージの階段を下りていったみたいなんですけど……それ以来誰も彼らを目撃してなくて」

「つまりダンジョンのなかに閉じ込められているってことですか？」

「はい。ランキング画面に名前が載っていることから生きてはいるみたいなので、その可能性が高いかと」

「じゃあさっさと会いに行くか」

「ですね」

瑠璃の言葉に、迷うことなく頷く月。

「えっ、二人とも今帰ってきたばかりですよね？　もう行くんですか!?　しかも天神ノ峰団ですら帰ってこられないようなサードステージに。……たとえ鳳蝶さんのレベルがずば抜けて高くても、二人で挑むのは無茶だと思います。そういえば隣のあなたのことも何も聞いてないですし、えっと、その……」

「……」

瑠璃は無言で踵を返して歩き出した。

「えっと、彼せっかちだからごめんなさい」

そう言って月は彼のあとを追う。

「ちょ……えぇ～」

受付嬢はただ口を開けて見つめることしかできなかった。

その後ダンジョンの入り口が密集している場所に戻り、新しく増えていた階段を下りていくと、やはり転移用のクリスタルがあった。

「行くか」

「はい」

短くそう会話をし、二人は同時にクリスタルに触れた。


サードステージの第一階層。

瑠璃と月が目を開けると、そこは小さな部屋のなかだった。

「なんだここ？」

本棚やベッド、机、鍵つきのドアなどがある。

背後にはクリスタルが存在するため、いつでも外へ帰れるようだ。

「普通の部屋……でしょうか？」

「みたいだな」

月は周りを見渡し、ふと何かに気づいたらしくドアを指さす。

「きっとあのドアにかけられている鍵を探して先に進むんですよ！」

「なるほど」

瑠璃は頷きつつもゆっくりとドアに近づき、軽く右ストレートを放った。

ドゴォォォン！　という爆音が響く。

「開いた」

「開いた……じゃないですよ！　これって二人で協力して謎を解いていく感じのやつでしょ？」

「いや、面倒だし先を急ごうぜ」

「ま、まあ……私はいいんですけどね。楽ですし」

というわけで二人が先に進むと、廊下の先に階段があった。


第二階層。

階段を下りてドアを開けると、再び小さな部屋にたどり着いた。

「さっきと同じ感じですね。鍵つきのドアもありますし」

瑠璃はドアノブを握り、ガチャッ！　という音を立てて開けた。

「鍵つきのドアなんてどこにあるんだ？　最初から開いていたぞ？」

「今絶対力ずくで開けましたよね？　バレてますよ？」

「あ、マジで？　結構違和感なくいけたと思ったんだけどな」

「違和感はなかったですが、なんとなくわかります」

「ま、先に進むか」

「……はい」


第三階層。

「床を破壊して先に進めたらいいんだけどさ。階段の方向からして多分ダンジョン自体が斜めに伸びているよな？」

そう言いつつドアをあっさりと開ける瑠璃。

「それは私も思いました」

「別に斜め方向に床を掘ってもいいんだけど、それだとドアを開けて素直に階段を下りていったほうが効率いいような気がする」

「ですね」

「というかサードステージとかいうわりには、セカンドステージよりも簡単じゃないか？　このドアの素材からして、月でも壊せそうだし」

「えっと、次は私が開けてみてもいいですか？」

「別にいいよ。開けたところで経験値になるわけでもないし」


第四階層。

急に部屋の家具などが全てオリハルコンに変わった。

「ほらどうした、お前が壊すんだろ？　さっさと開けてくれ」

「わかってて言ってますよね？　なんで私の番になった瞬間、ドアがオリハルコンになるんですか！」

「開けないのか？」

「多分頑張ればいけるような気がしますけど、疲れるし痛いので嫌です」

「じゃあ俺が開ける」

瑠璃は紙でも破るかのようにジャブで破壊した。

「改めて思いますけど、化け物ですね」

「誉め言葉だと受け取っておく」


第五階層。


再びオリハルコンの部屋だ。

第四階層に比べてかなり広くなっている。

「家具が明らかに増えていて、全体的に散らかってますね」

「そうだな。別になんの関係もないけど」

瑠璃は右ストレートでオリハルコンのドアを粉砕した。

「うん、知ってました」

その後も二人は順調に進み続ける。

第30階層。

階段を下りてオリハルコンのドアを開けると、そこには異様な光景が広がっていた。

「は？」

「はい？」

二人は同時にそんな声を上げる。

それも無理はないだろう。


立ち並んでいる巨大なビルやマンション。

交差点。

信号機。


そこは、どこからどう見ても東京の街並みだった。

「ここってダンジョンだよな？」

「え、ええ……。そうだと思います」

「一応魔物が徘徊《はいかい》しているし、ダンジョンで間違いないんだろうけど」

「なんというか、まるで東京みたいですね」

瑠璃は拳を握り、口を開く。

「ようし。次の階層へ行けるかもしれないし、とりあえず地面を掘ってみるか」

「ちょっと待ってください。もしかするとこの階層に天神ノ峰団のみんなが閉じ込められているかもしれないので、少し探索しませんか？」

「見るからに広そうだからすげぇ大変そうだけど……。まあ、確かにその団長とやらを見つけないといけないし、探すしかないか」

「ありがとうございます。別行動にしますか？」

「あー、そうだな。そのほうが効率よさそうだ。とりあえず30分くらい経ったらここへ集合しよう」

「はい」

そんな会話をし、別々のほうを向く二人。

瑠璃のスタートダッシュの勢いにより、さっそくアスファルトに大穴が開いた。

「ちょっ、力を抑えてくださいよ？」

そんな月の言葉が彼に届くことはない。

瑠璃は一瞬にして巨大なビルの頂上へと上り、周囲を見渡す。

「うっわ、マジで？　地平線の彼方《かなた》まで全部街じゃん。……広っ！」

同時に、この範囲を探さないといけないのかとうんざりする瑠璃。

「ま、月と一緒にダンジョンを攻略したいし、やるしかないか」

そうつぶやき、彼は走ってビルの上を移動していく。


月は建物のなかを中心に探索していく。

瑠璃がビルに上ったのを見ていたため、彼女は細かい部分を探そうと決めたのだ。

「う〜ん、みんながいるとしたらどんなところなんでしょうか……」

電源の入っていないエスカレーターを下り、デパートの地下へと向かう月。

「地上は瑠璃さんに任せておけばなんとかなりそうですし、私は下を探してみることにしましょう」


彼女が地下街へと移動すると、やはりそこも正確に造られていた。

人は一切いないが、売店や通路が確かに存在している。

とその時、正面から一頭の巨大な狼が襲《おそ》いかかってきた。

「ガルルル」

「邪魔です！」

「キャンッ」

月のパンチにより、巨大な狼は一撃でダウンした。

地面に倒れてそのまま動かなくなる。

殴って抉《えぐ》れている部分を見て、彼女はふとつぶやく。

「瑠璃さんなら、きっと跡形もなく消せるんでしょうね」

今の瑠璃が本気で殴れば、風圧で魔物どころか周りの建物まで消滅する。

あの異空間を破壊して脱出するまでに、そのくらい人外な化け物になっていたのだから。

「瑠璃さんさえ協力してくれれば、私ももう少しレベルが上がっていたはずなのに……。まあ、なんの対価も払わずにここまで育ててくれただけでも充分優しいですよね」

そう言って月は微笑む。

「今頃瑠璃さんはビルの上を走っていたりするんでし──ふぐっ!?」

背後から忍び寄っていた何者かが、突然彼女の口元をハンカチで押さえた。

睡眠薬でも入っていたのだろう。

だんだんと意識が遠のきながらも、彼女は必死に目を開いて犯人の姿を確認しようとする。

だが地下街ということもあってあまり明るくないため、はっきりと見えない。

「誰、です……」

月はそのまま静かに気絶していった。

別行動を始めて30分後。

オリハルコンのドアの前に戻ってきた瑠璃は、じっと月を待っていた。

「……遅い。正確な時間はわからないけど、そろそろのはずだよな？」

彼がいくら周囲を見渡してみるも、月の姿はない。

「とりあえず魔物でも倒しながら待っておくか」

というわけで、レベル上げを始めるのだった。

もちろんこの程度の敵を何体倒したところで瑠璃のレベルはひとつとして上がらないのだが、
彼は経験値を稼ぐという行為そのものが癖になっていた。

敵を倒していない時間は無駄に思えて仕方ないのだが、月と出会ってからはそれが少しだけ改善されてきている。


更に30分後。

「さすがに敵が弱すぎるだろ」

瑠璃は退屈すぎてあくびを止められないでいた。

なんせ彼の拳が当たる前に敵が粉々になっていくのだ。

「戦っている感覚がねぇ」

異空間にいた白竜はこれの何百倍も強かったぞと思いつつ、瑠璃は走り出す。

「やっぱりどう考えても遅い。……けどあの月がこの程度の魔物にやられるとは思えないし、何かあったのかもしれない」

ものすごい速度で大通りを進みつつ、月を探していく。

しかしどこにも彼女の姿はない。

「参ったな。やっぱり一緒に行動するんだった」

彼はデパートのなかへと入り、動いていないエスカレーターを下りていく。

幸運なことに月と全く同じ場所へ向かっていた。

「俺の勘が、ここが怪しいと告げている」

地下街には本物そっくりのガラス張りのお店が並んでおり、薄暗い。

人は全くいないが、お店には商品がたくさん置いてある。

東京ば○奈のお菓子箱を見て、瑠璃はつぶやく。

「これって食べられるのかな」

とその時、一頭の巨大な狼が瑠璃に襲いかかった。

「ガルルル」

「邪魔だ」

めちゃくちゃ手加減したジャブにより、巨大な狼が爆発。

細かくなった血や肉が大量に飛び散る。

「月だったら、全力で殴ってもこいつをダウンさせるくらいだ――っ？」

何者かが突然彼の口元をハンカチで押さえた。

「おい、臭いからやめろ」

そう言って瑠璃は相手の腕を摑む。

「なっ……こいつ、なんで」

「これは睡眠薬か？　こんなものが俺に通用するはずないだろ」

「くそっ、化け物め」

彼が振り向いて相手の姿を確認すると、そこにいたのはフードを被った獣人だった。

手の甲から毛が生えている。

顔はライオンのような見た目だ。

「月を連れ去ったのはお前だろ。さっさと返せ」

「ぐっ、離せ」

「別にいいけど、俺を相手に何か状況が変わると思うか？」

瑠璃は腕から手を離した。

「お前、何者だ……」

「それはこっちのセリフだ。俺はお前みたいに喋る魔物を見たことがない」

「魔物じゃない」

「そんなことどうでもいいから、早く女のところへ案内しろ。俺の大切な仲間を攫《さら》ったのはどうせお前なんだろ？」

「地下大国への入り口を教えるわけにはいかん」

「なるほど、教えてくれてありがとな」

「は？」

瑠璃がアスファルトの床を殴った。

その瞬間、地面にとてつもなく大きな穴が開き、瑠璃と獣人は同時に下へと落ちていく。

「な、お前!?」

「入り口……あったぞ？」

「なんてことを！」

下へと落ちながら瑠璃が周りを見渡すと、そこには茶色の街があった。


土でできた建物が立ち並び、遠くには巨大な土のお城も見える。

獣人たちが当たり前のように大通りを歩き、会話をしている。


「うわーすげぇ。これ全部土で造ってんのか？　さすが地下大国とか言うだけあるな。……で、月はどこだ？」

「言うわけないだろ」

「じゃあいいや、俺一人で探すから」

瑠璃は地面へと着地するなり、そのままお城に向かって走り出した。

獣人はなんとか着地をしつつも、彼の後ろ姿をじっと見つめる。

「やばいやつに手を出してしまったかもしれない。……だが、あの御方の手にかかればあいつも終わりだろう」

そんなつぶやきが瑠璃に聞こえるはずもない。

もうすでに瑠璃は圧倒的なスピードでお城の前へと到着していたのだから。

「おい、お前！　さっき遠くの天井に大穴を開けた侵入者だな！」

「それ以上近づくと殺す」

門番の獣人二人が大声で言った。

「おい、通らせてもらうぞ」

「チッ、今すぐ増援を呼んでこい。その間俺がこいつの相手をしておく」

「おう」

そんな会話がされたかと思えば、獣人の一人が正面の扉を開けてなかへと入っていく。

「人間風情がこの地下大国に乗り込んできてただで済むと思うなよ？」

「一応聞くが、ここに月っていう女がきていないか？」

「黙れ」

「その反応からして、このなかにいそうだな。抵抗せずに侵入させてくれるなら殺さないけど、どうする？」

「人間如きがふざけたことをぬかすな！　見逃すはずないだろ――ッ!?」

見えないほどの速度で放たれたジャブにより、獣人が破裂した。

レベルアップの音が響く。

「抵抗したら殺すって言っただろ？　俺はアニメやゲームの主人公みたいに甘くはないぞ」

そう言い残して瑠璃はお城のなかへと入っていく。


扉の先では、もうすでに大量の獣人が武器を構えてこちらへと向かってきていた。

玄関だけでなく、通路や階段にも大勢いる。

「へぇ、予想以上に対応が早いな」

瑠璃が感心したようにつぶやいた。

「おい、やつを絶対に逃がすな」

「貴様！　そこから一歩でも動いたら殺す」

「なぁちょっと聞きたいんだが、もしかしてここに人間が閉じ込められていないか？」

彼がそう尋ねると、一人の獣人が大声で答える。

「それがどうした？　お前になんの関係がある」

「やっぱり月はここにいるのか。……もし解放してくれるならお前らを誰一人殺さないと約束するが、どうする？」

「そんなの承諾するわけないだ――ッ!?」

その場にいた獣人全てが、わずか一瞬にしてただの肉塊に変わった。

レベルアップの音が響く。

「あーあ、穏便に済ませてあげようと思ったのに。これだから聞く耳を持たない悪党は嫌いなんだ」

瑠璃はものすごい速度で階段を上り、中央の巨大な扉を開けてなかへと入る。

するとそこは王座の間だった。

レッドカーペットの左右にはたくさんの獣人たちが並んでおり、全員が瑠璃を睨みつけている。

全部で50人はいるだろう。

「何者だ、貴様！　これ以上近づくなら容赦なく殺す」

「はぁ、お前ら全員同じことしか言えないのか？」

一人の獣人が発した言葉に、瑠璃はため息をついた。

「なっ、我々を愚弄《ぐろう》するか」

「よし、一応お前らにも交渉を持ちかけてやろう。もし捕らえられている人間を解放するなら、ここにいる全員は殺さないでやろう。どうする？」

「そんな条件をのむはずがないだ――ッ!?」

大量の獣人が一秒と経たずに全滅した。

レベルアップの音が響く。

ここまで頻繁《ひんぱん》にレベルアップをするということは、ダンジョンに徘徊している魔物とは比べものにならないほど強いのだろう。

瑠璃には関係ないが。

「頭が固いやつらは嫌いだ。せっかく俺がチャンスを与えてやったのに」

そうつぶやきつつ、彼は王座の前に移動した。

「あんたが王様？」

「……な、なんだお主は」

王様であろう年を取った獣人は、体を震わせつつも瑠璃に尋ねた。

「王様かどうか聞いているんだけど。……答えないなら、後ろにいるあいつらみたいに殺すよ？」

「ひっ、お、王です」

「ならどこに人間が捕らえられているのかは知っているだろ？　さっさと教えろ」

「お、教えますからどうか命だけは……」

「早くしろ」

「はいぃ！　ダンジョンで捕らえた人間は全員この城の地下にある採掘場で働かせていたり、ち、地下牢に閉じ込めたりしています！」

「複数いるのか？　……となると月が言っていた別の団員とやらもここにいるわけか。なるほど、ありがとう」

そう言って瑠璃はすぐさま踵を返す。

「地下への扉の鍵はここに……て、あれ？」

王様が懐から鍵を取り出した時には、王座の間には誰もいなかった。

残っているのは部下の死体とも呼べない肉塊のみ。

「くそっ。とんでもないやつが現れおって。……生きてここから帰れると思うなよ」

そうつぶやいて、王様は小瓶に入っている青い液体を一気飲みした。

Chapter 3-1

瑠璃がお城の階段を下りていくと、途中で頑丈そうな扉が行く手を遮っていた。

彼にしてみれば、頑丈でもなんでもないし、行く手を遮られているわけでもないのだが。

「どうせ余裕だろ」

軽く押すと、ものすごい音とともに扉が開いていく。

実はこの扉、鍵がかかっているだけでなく、引いて開けるタイプでもあるのだが……相変わらずの人外っぷりである。

もう別の惑星に引っ越したほうが地球のためかもしれない。

「……おぉ」

扉の先には長い通路があり、左右に鉄格子がいくつも存在していた。

「なるほど、ここが地下牢か。……でも、空っぽだな」

左右を見渡しつつしばらく歩みを進めていくと、一番奥の部屋に女性の姿があった。

小柄で白髪ロングヘアー。

「おう月。さっきぶり！」

「いや、めちゃくちゃ軽い感じで現れましたね」

「そうでもないぞ。結構心配したし」

「あっ、そうなんですか？」

「まあな。というかさっさと自分で出てこいよ。月ならこの程度の鉄格子くらい壊せるだろ」

「いえ、まあ壊せるんですけどね……。普通女の子が鉄格子なんて破壊しないでしょ。それに、ついさっき目が覚めたばかりですし」

「女の子って……。もういい年だと思うが」

一応月は20代後半である。

「相変わらずデリカシーないですね」

「俺は四次元の思考回路を持っているからな」

「説明になってませんよ」

「ま、悪いやつらは俺がほとんど壊滅させといたから、安心しろ」

「悪いやつら？　そういえば私は誰に連れ去られたんでしょうか。ハンカチで口元を押さえられたおぼえがあるんですけど、正体は見えなかったです」

「獣人だ」

「獣人……ですか？」

「脱出する時に見ればわかる。だからさっさと出てこい」

「私は瑠璃さんに壊してほしいです」

「はぁ。別にいいけどさ」

そう言って瑠璃は鉄格子を左右にこじ開けた。

「はい、どうぞ。お嬢さん」

「どうもっ！」

月はかわいい笑みを浮かべて外へと出てくる。

「さて、別の人間がこの先の採掘場で働いているみたいだし、行ってみるか」

「そうなんですか？」

「確証はないけど、多分天神ノ峰団だろ」

「サードステージに入る人なんてほとんどいないでしょうし、いるとすればそうだと思います」

というわけで二人は通路を更に奥へと進んでいく。


少しして見えてきたのは、巨大な穴だった。

地下とは思えないほど広く、深い。

木の足場が螺旋《らせん》状に伸びている。

「深いですね。暗くて底が見えません」

「とりあえず下りてみるか」

「そうですね……て、飛び降りたりするのはやめてくださいよ？　下に人がいるかもしれませんし」

「…………」

瑠璃は視線をそらして頭を掻いた。

「その反応……する気でしたよね？」

「バレた？」

「瑠璃さんの行動は案外単純ですから」

「そう思うのは、まだ月が三次元の思考回路だからだ」

「三次元であれ四次元であれ、単純なのに変わりはありません」

「よし行こうぜ」

そう言って足場の上を走り出す瑠璃。

「なんで話をそらすんですか」

「そらしてない」

「絶対にそらしてますよ」

「その考えに至る――」

「――時点でお前は三次元の思考回路だ！　でしょ？　……何年も同じ部屋で過ごしていたら、言いたいことくらいわかりますよぉ～」

「……月って知らないうちに鬱陶《うっとう》しさが増したな」

「なっ、それを言ったら瑠璃さんなんて最初から鬱陶しかったですからね！」

「だろうな。自覚はある」

「あったんですか!?」

「まあいくら月が鬱陶しくなったとしても、俺がお前を嫌いになることはないけど」

「それって遠回しに告白してます？」

「ああ。好きだぞ」

「えっ？」

「親以外で初めて興味を持った人間だし」

「告白って普通そんな軽くやりますか？　もっと雰囲気のあるところで緊張しながら言うものじゃないでしょうか」

「いや、俺みたいに四次元の考えができるやつからすれば、そんなの一切関係ないから」

「で、好きという気持ちを伝えて、どうするつもりなんですか？」

「今まで通りだけど」

「……やっぱりそうですよね。結婚とかそういうことを言い出すんじゃないかと少しでも思った私が馬鹿でした」

「そもそも好きだから付き合うだとか、愛しているから結婚するだとか、そんな定石に沿っているからいつまで経っても人間は人間のままなんだよ」

「全然言っている意味がわからないんですが」

「だろうな。月はまだ三次元の考え方しかできないんだし」

「そうですか」

「ちなみに月は俺のことをどう思っているんだ？」

「えっ、いきなりですね」

「俺も教えたんだし、不公平だろ」

「まあ総合的に言うと好きですが、嫌いな部分も多いです」

「うん知ってる」

「うわぁー、ムカつく」

お互いに好きだと伝えたのにもかかわらず、何も始まらない。

ほとんどが瑠璃のせいだろうが、月もどんどん常識から外れていっているのかもしれない。

それもこれも全て瑠璃の影響だろう。


「おっ、誰か見えてきたぞ」

走って30秒ほど採掘場を下りていくと、布の服を着た高身長のおじさんが見えてきた。

青色のつるはしを使って土の壁を掘っている。

ダンジョンのなかなのに採掘場の地面が自動修復されないのは、この青いつるはしのおかげだったりする。

なぜこんな物が存在しているのかは獣人たちですら知らないのだが、掘った分だけダンジョンの地形を変えることができるという不思議な代物だ。

獣人たちはダンジョンに生み出されて以降、領土を拡大するために地面や壁を掘り続けている。

まるでダンジョン攻略にくる冒険者を迎え撃つための準備をしているかのように。

「よく見るとまだ下にもたくさんの人がいますね」

とそこで、おじさんが瑠璃と月の存在に気づいたらしく、手を止めて口を開く。

「君たちも獣人たちに捕まったのかい？」

「いや、俺たちは――」

「――あー！　村雨《むらさめ》さんじゃないですか」

瑠璃の言葉を遮って月が言った。

「その声にその顔は……鳳蝶か？」

「はい。みなさんを助けにきました」

「助けにきたのは俺であって、お前はただ捕まっただけなんだけどな」

「うるさいですよ瑠璃さん。……えっと、村雨さん。今すぐここから出ましょう」

「地上へと繋がっている扉の鍵と、外の獣人たちはどうするんだ？」

「大丈夫です。ここに琥珀川《こはくがわ》瑠璃さんがいるので」

そう言って月は瑠璃を指さす。

「琥珀川瑠璃？　どこかで聞いたことがある……あっ！　あのランキング一位に君臨し続ける者の名か？」

「その通りです」

「き、君は本当にあの琥珀川瑠璃で間違いないのかい？」

「うん」

瑠璃は興味なさそうに頷いた。

「どうやってそのレベルに⁉　いや、今までどこで何をしていたんだ？」

「説明するのがだるいし、早く行かないなら置いていくぞ？」

「ま、待ってくれ。すまなかった。すぐにみんなを呼んでくるから、もう少しだけ待ってもらえないか？」

「あー、うん」

村雨は勢いよく下に向かって走り出した。

「相変わらずせっかちですね」

「興味のないやつに時間を使うのは気が進まないんだよ。正直月以外どうでもいいし。お前がギルドを脱退するために嫌々助けにきただけだからな」

「私としてはそう言ってもらえて少し嬉しいんですけど。でもあの人……私の恩人であり、大規模ギルドの団長でもあるんですよ？　最近レベルランキングはかなり落ちているみたいですが」

「まあ、月がいる限り勝手に一人で帰ったりはしないから安心してくれ」

「は、はい」

「にしても遅いな」

「まだ呼びに行ったばかりですよ!?」

「いやいや、俺だったら十秒くらいで全員連れてこられるぞ」

「それは瑠璃さんだからこそです。というか、もう少し全体的に落ち着いたらどうですか?」

「俺は早く次の階層に進みたいんだよ」

「そんな生き方をしていたら、いずれ絶対に大きな失敗をすると思います」

「その失敗から学ぶこともあると思うけどな。人間は間違いを経験してこそ成長するものだし」

「いや、大きい失敗はしないに越したことはないと思いますが……」

「それについてはいったん永遠に棚に上げておくとして」

「いったんとか言いつつ、永遠って……この人外さんは一体何が言いたいのでしょうか」

「なんであの人たちは自分の力で脱出しようとしないんだろうな。大規模ギルドなんだろ?」

「あ、それは私も疑問に思いました。天神ノ峰団はかなりの人数がいますし、余裕で逃げられそうな気がしますけど」

「う〜ん、なんか匂うな」

「ですね。この地下大国には天神ノ峰団が恐れる何かがありそうです」

瑠璃は鼻から大きく息を吸い込み、

「これは月の汗の臭《にお》いか？」

「そうかもしれませ……て、失礼ですね！　……えっ、嘘でしょ？　私臭います？」

「かなりな」

「まあ、定期的に薬草や布の服などを使って身体を拭いたりしていますが、実際何年もお風呂に入っていないので当然と言えば当然ですけど。……臭いの原因は瑠璃さんのほうじゃないんですか？」

「かもしれない」

「でも、本当に臭《くさ》いです？　私は何も臭わないんですけど」

「いや、俺にもわからん」

「じゃあなんで言ったんですか！」

「なんとなくだ。……だけど、俺に関しては人生の半分くらいダンジョンで過ごしているし、絶対臭っていると思う」

「つまり私たちの鼻がおかしくなっていると？」

「もしくは、自然のなかで長年過ごしていたせいで、臭いが出ない身体になったとか」

「そんなことあります？」

「ま、俺と違って月は臭いを発しているだろうけどな」

「なんでですか!?」

とそこで、大勢の人たちが走ってやってきた。

村雨が頭を下げつつ口を開く。

「二人ともすまん。待たせたな」

「よし、じゃあ行くか。遅れているやつは守らないからな?」

瑠璃は天神ノ峰団全員を率いて上へと走っていく。

「それで、鳳蝶は階段の罠にかかって以降、何年もセカンドステージのダンジョンから帰ってこなかったが。……今先頭を走っている琥珀川瑠璃くんと一緒にいたから無事だったたってことかな?」

そんな村雨の質問に、月は頷いた。

「そうです。今まで出口のない異空間みたいな部屋に閉じ込められていて、今日ようやく瑠璃さんのおかげで脱出できたんですよ」

「なんだと?　異空間の部屋?」

「はい。虹色に光る膜に覆われていたので、そうなんじゃないかなと思います」

「で、今日脱出してそのままセカンドステージをクリアし、サードステージへとやってきたってわけか。……それにしてはここへくるのが早くないか?」

「まあ瑠璃さんが謎解き部屋のドアを全て破壊しながらきましたから」

「あー、なるほど。確かにあの桁違いなレベルならそれができてもおかしくないな」

「それで村雨さんたちを助けにきたんですけど、どうしてみなさんは自分たちで脱出しないんですか？　天神ノ峰団であれば可能な気がしますが」

「いや、無理だな」

「あぁ不可能だろう」

村雨だけでなく、黒髪の夜霧《やきり》までもが即否定した。

「どうしてです？」

「お城だけでなく街中にもたくさんの獣人が潜んでいるというのもあるが……俺たちは獣人の王様の強さを目の当たりにしてしまったんだ」

「王様がそんなに強いんですか？」

「実はここに閉じ込められてすぐ、俺たちは一度脱出しようとした。しかし、あいつの強大な力を前に手も足も出なかった。……結局、命を助けてもらう代わりにこの地下で働くことになったってわけだ」

「ん？　あの王座に座っていた年寄りの獣人、めちゃくちゃ弱そうだったぞ？　俺を前にして体を震わせていたし」

瑠璃が振り向いて言った。

「確かに見た目は弱そうなんだが、青色の薬みたいな液体を飲んだ瞬間に突然雰囲気が変わったんだ。そして気づいたら俺たちは全員膝をついていた」

「ああ。さすがの俺も勝ち目がないと判断せざるを得なかったぜ」

村雨に続き、赤髪の赤松《あかまつ》がにやけながらつぶやいた。

「なんだそれ面白そうだな。……ぜひ一度手合わせを願いたいものだ」

瑠璃は鬼のような笑みを浮かべる。

「瑠璃さん。戦うのは構いませんが、拳の風圧で私たちを殺さないでくださいよ？」

月が言った。

「そのくらいのコントロールはできるから安心しろ」

「でも、戦うとは言っても本当に大丈夫なのか？　あの王様の力は異常としか言いようがなかった。いくらレベルが高かろうと、到底人間が勝てる相手じゃない。とにかくスピードが異常なんだ」

村雨が不安そうな顔をする。

「俺を殺せるような相手だといいんだけどなぁ」

「「「は？」」」

瑠璃の発言に、近くにいた人たちが胡乱《うろん》げな表情を浮かべた。

「最近魔物に手ごたえを感じなさすぎて、ずっとイライラしていたんだよ。あーでも、あの虹色の膜を破ることができた時の快感はすごかったな」

「瑠璃さん、それ以上はやめましょう。……みんなが引いてます」

月が告げた。

「あ、そう？」

「というか鳳蝶もこの数年でとんでもないレベルに達しているな」

振り向きながら赤松が尋ねた。

「閉じ込められていた部屋に強敵が無限湧きしていて、瑠璃さんがちょっとだけパーティーを組んで鍛えてくれたんです」

「はぁ？　寄生かよ。お前ずるいな」

「そんなことないですよ！　協力してもらえるようにこの人を説得するのがどれだけ大変だったことか」

「なるほど。お前……身体を売ったのか？」

「赤松さんの頭のなかは昔と変わらずそんな発想ばかりですね。瑠璃さんは全然そういうことに興味を持たない人なんですよ。だからレベル上げを手伝ってもらえるまでに三年以上かかりました」

「ははっ、よほど鳳蝶に魅力がなかったんだろうな」

「なっ、いらないお世話ですよ！」

「まあお前は昔から小柄だったし――」

「――おい」

突然、瑠璃が赤松の頬を摑んで持ち上げた。

凍えるほど冷たくて重たい圧を発している。

「ふぐっ……。な、何をする」

「月はお前らの誰よりも魅力的だ。取り消せ」

「…………わ、悪い。俺が間違っていました」

「わかればいい」

彼はそう言い残して再び先頭へと戻っていく。

「ほら、調子に乗るから瑠璃さんが怒りましたよ？」

そんな月の言葉に、赤松は身体を震わせながら首を横に振る。

「……俺はもう喋りたくない。怖すぎるだろ」

「なぁ、今の琥珀川瑠璃くんの動きが見えたか？」

村雨が隣にいた夜霧に小声で尋ねた。

「いえ、全く」

「だよな。瞬きすらしていなかったのにもかかわらず、何も見えなかった」

「このスピードなら、獣人の王様に抵抗できるかもしれませんね」

「ああ」


瑠璃たちは採掘場から牢屋を抜ける。

それから階段を上ってお城の玄関へと戻る最中のことだった。

「よう、遅かったな小僧——っ!?」

一瞬にして目の前に現れた獣人を、瑠璃は反射的に殴った。

相手が吹っ飛び、玄関の壁にめり込む。

「ん？　なんか近づいてきたから癖でカウンターを入れちゃったけど……あいつ王様じゃなかったか？」

「ちょっと瑠璃さん!?　まさかもう終わらせたんです？」

月の問いかけに、彼は首を傾げる。

「いや、直前で手加減したからまだ生きているとは思う。……でも、あいつが例の強い王様なのか？　全然面白くないじゃん」

「今の一瞬を見てわかった。彼は俺たちの常識では測れない。どうやら安心してこの地下大国から脱出できそうだ」

村雨がつぶやいた。

「くそ、小僧め。次は絶対に仕留める」

壁から出てきた獣人の王様が、瑠璃を睨みつける。

「あんたさっきと全然雰囲気違うじゃん」

「これは、地下深くでのみ採掘することができる宝石を搾って作った神の雫の効果によるものだ。一切の痛みを感じなくなり、身体能力も格段にアップする。……たとえお前がどんなに強かろうと、所詮は人間。今のわしに勝てると思うなよ」

「へぇ、痛みを感じないのか？　……いいこと考えちゃった」

ワープでもしたかのような速度で近づいた瑠璃は、王様の腕を掴んだ。

「お主、なんのつもりだ」

「絶対に痛みを感じない身体か、絶対に痛みを与えることができる俺。……どっちが先に負けを認めるか勝負しようぜ」

「なんだと!?」

「まずは片腕だ」

瑠璃はにやけながら相手の腕を握り潰した。

血や肉が辺りに飛び散る。

「ぐぅ……貴様、なめた真似をぉ！」

王様がもう片方の手で瑠璃の顔面を殴るが、彼は真顔でその場に立ち尽くしていた。

「なんだそのパンチ？　もっと本気出せよ」

「なっ、信じられん。このわしの攻撃を受けて無傷だと!?」

「次はこっちの腕だ」

そう言って瑠璃は反対の腕を握り潰す。

「やめろ！」

「次は右足っと」

チョップで股から下を切断した。

「痛みを感じないと言っているんだ！　今すぐやめないか」

「だからそれを試しているんだろ？　次は左足」

再びチョップで斬り落とした。

四肢をなくして頭と胴体だけになった王様は、バランスを保てなくなり地面へと転がる。

「くっそぉ、人間風情が」

「おぉ～。これでも喚かないところを見るに、痛みを感じないというのは本当らしいな。……勝負は俺の負けだ。というわけで殺すぞ？　もう飽きたし」

「ま、待て！」

瞬間、王様の胴体と頭が破裂した。

レベルアップの音が響く。

「これが例の王様ってやつだよな？　他の獣人と大して変わらなかったぞ？」

瑠璃が後ろを振り向きながら言った。

「ま、マジかよ……」

「本当に勝ちやがった」

「しかも圧倒的すぎるだろ」

「瑠璃さんの人外っぷりがみなさんにも伝わりました？」

「ああ。嫌というほどわかった」

それぞれがいろんな反応を示した。

「じゃあさっさとこの地下大国から脱出するぞ」

「とはいっても、どうやって出るんだ？　俺たちは全員眠らされて連れてこられたせいで誰も地上への移動方法を知らない」

村雨が冷静に言った。

「ここへくる時に開けておいた天井の巨大な穴があるから、俺が何往復かして全員を運ぶ」

「それはありがたい」

「ちなみに、誰か次の階層へ行くための階段を知らないか？　広すぎて探すのが面倒なんだよな」

瑠璃がみんなを一瞥《いちべつ》しながら尋ねた。

「おい、誰か知っているか？」

すぐに全員へ声をかける村雨。

だがしかし、明るい顔を浮かべている者はいない。

「何年もこの階層にいたとはいえ、ずっとあそこで働かされていたわけだし……」

「ああ、外に出たのだって久しぶりだ」

瑠璃は興味なさそうに答える。

「そうか。わかった」

「助けてもらっておいて、役に立てず申しわけない」

「別に構わない。……とりあえず遠くに天井の穴があるから、大通りを走り抜けてそこに向かうぞ。かなりの大穴だったから、まだ完全に自然修復はされていないはずだ」

「わ、わかった」

そう会話をし、瑠璃たちはお城を出て大通りを堂々と移動していく。

「おい！　人間風情がこの地下大国で何をしている」

「お城から出てきたようだが、何者だ？」

「まさかお前らが天井に穴を開けた犯人じゃねぇだろうな」

天神ノ峰団のペースに合わせて大通りを走っていると、突然建物の陰から三人の獣人が現れた。

瑠璃は立ち止まって口を開く。

「黙って見逃してくれるなら殺さないけど、どうする？」

「なんだと、てめぇ」

「どっちが上の立場なのかわかってんのか？」

「もうその反応飽きた。はい、とりあえず二人は始末っと」

彼がつぶやいた瞬間、逆らった左右の獣人が破裂した。

瑠璃の頭上からレベルアップの音が聞こえる。

単純に近づいて殴る動作を行っただけなのだが、月を除いて瑠璃の動きが見えた者は一人としていなかった。

一番驚いたのは生き残った獣人だろう。

なんせ一瞬にして左右にいたはずの仲間が死んだのだから。

「なっ……、お前！」

「で、あんたはどうする？　逆らうか見逃すか。選択肢は二択だぞ」

そんな瑠璃の問いに答えたのは、獣人ではなく月だった。

「あの瑠璃さん、ちょっと待ってください！　私に戦わせてもらえませんか？」

「ん？　おぉ、珍しいな」

「レベルが急激に高くなって以降、ほとんど魔物と戦ったことがなかったので、今の自分がどれくらいできるか試したいんです」

「早く脱出したいところだけど、そういうことなら別にいいよ。穴が塞がっていたらまた開ければいいし。……というわけで獣人くんの相手はこの女だ。俺たちは一切手を出さないと誓おう」

そう言って瑠璃と月は入れ替わった。

すると突然獣人の表情が緩む。

「ガハハ。助かったぜ」

「それはどうでしょうか？　私は結構強いですよ？」

「女なんて誰だろうと大して変わらねぇよ」

獣人は自分が勝てる気でいるらしい。

戦おうとしているのはレベル１００万超えの人間だというのに。

「鳳蝶。大丈夫なのか!?　いくらレベルが高いとはいえ、相手は圧倒的な身体能力を持つ獣人だぞ」

「そうだ！　獣人は俺たちが全員で挑んでも苦戦するような相手だ」

村雨と赤松が心配そうに尋ねた。

「確かに睡眠薬を吸わされた時は、力が抜けて手も足も出ませんでした。でも今は違います。……正直負ける気がしません」

「よく言ったな、月。頑張れよ」

そう言って瑠璃は彼女の肩を叩いた。

「はい、瑠璃さん」

「おい人間ども、約束しろ！　もし俺が一対一でこの女に勝ったら全員俺に抵抗するな。黙って死ね」

「約束しよう」

獣人の理不尽な要求に、瑠璃が即答した。

「チッ。じゃあ行くぞ人間の女。覚悟しろ！」

獣人が勢いよく走り出す。

瑠璃レベルとまではいかないが、圧倒的な力強さと速度により、足の裏がつくたびに地面がへこんでいく。

「おらぁ！」

獣人の強烈なパンチを紙一重で躱《かわ》し、月は相手の顎《あご》に左フックを入れた。

「グハッ!?」

「力を入れすぎて丸見えですよ？」

続けてボディブロー、左ジャブ、右ストレートのコンビネーションを放つ。

脳が揺れた獣人は一瞬地面に膝をつくも、すぐに立ち上がった。

「くそ、てめぇ！　ちょこまかと」

「獣人って本当に硬いんですね。瑠璃さんはこんな相手を瞬殺していたんですか？」

月が振り向いて尋ねた。

「まあな」

「薬を飲んで覚醒していた王様も弄《もてあそ》んでましたし。改めて瑠璃さんの人外っぷりを再認識しました」

「なっ、お前ら!?　我々の王をやったのか！」

そんな獣人の問いに、瑠璃は軽く返答。

「おう、殺したぞ」

「嘘をつけ！　あの御方が人間風情に負けるはずないだろ」

「まあ別に信じなくてもいいけどさ」

「集中しないと死にますよ？」

いつの間にか相手に近づいていた月が、顎に飛び膝蹴りを入れた。

「グホッ!?」

そのまま地面に倒れた獣人へ馬乗りになり、顔面に連打を入れていく。

「や、やめろぉぉぉ！」

「だんだん身体が温まってきましたよ～」

月は相手が失神するまで殴り続けた。


少しして。

月は攻撃をやめて立ち上がる。

「やはり獣人の体が硬すぎるせいで、私の攻撃力ではとどめを刺せないみたいです」

一応彼女のレベルは１００万を超えている。

今現在の第三位とは比べものにならないほど圧倒的な差があるにもかかわらず殺せていないのを見ると、獣人の防御力の異常さがよくわかる。

「殺せば経験値がもらえるし、俺がやっとくよ」

そう言って瑠璃がローキックを入れるのと同時に獣人が破裂し、レベルアップの音が響いた。

「あー、ずるいですよ！　せっかく私がそこまで追い詰めたのに。……せめてパーティーを組んでからにしてくださいよぉ」

「今までレベル上げを手伝ってあげたんだからいいだろ。もう月の勝ちは決まっていたし」

「全く、本当に仕方のない人ですね……」

とそこで騒ぎを聞きつけてきたのか、たくさんの獣人たちがいろんな建物から出てきた。

「みんな、逃げろ」

村雨が全員に向けて言った。

「そうだな」

「「「「はい!!」」」」

瑠璃を含めた全員が返答し、一斉に走り出す。

「仲間がやられたぞぉ！　人間どもを追えぇー！」

「男は、全員武器を持って下等種族を殺せ！」

「行くぞお前らぁ！」

後ろからそんな声が聞こえてくる。

「それにしても鳳蝶。お前、本当に強くなったな」

「まさかここまで戦えるとは思っていなかったぞ」

走りながら村雨と夜霧が言った。

「まあレベルが高いだけなんですけどね。上手な戦い方とかもよくわからないですし」

「それでも充分すげぇ――」

「――む、村雨さんやばいですよ！　追いつかれそうです」

後方に位置する団員の一人が大声で叫んだ。

「くそ、やはり獣人相手にスピードで逃げ切るのは無理か」

「瑠璃さん！　後ろの人たちが追いつかれそうなんですけど、なんとかなりません？」

月が先頭の瑠璃に問いかけた。

「レベル上げにもなるし俺が全部倒してくる。全員天井に開いている穴の下まで移動しておいてくれ」

そう言い残し、瑠璃は後ろに向かって走り出す。

「おぉ、琥珀川瑠璃くんに対処してもらえるなら安心だ。……よし、みんな。気を抜かずに走り抜くぞ！」

振り向きつつ、村雨が仲間を鼓舞した。

「「「「はい!!」」」」

「俺たちには村雨さんがついているぞ」

「強くなった鳳蝶もいる。やっぱりウチのギルドは最強だぁ！」

「天神ノ峰団をなめるな！」

数年前までランキング上位のほとんどを占領していた最強ギルドの団結力は、未だ健在のようだ。

「あ、盛り上がっているところ悪いけど、追いかけてきていた後ろのやつらはもう片付いたから」

気づくと集団の先頭には瑠璃がいた。

「は？」

「えっ、いくら瑠璃さんとはいえ、早すぎないですか？」

「そうか？　これでも結構抑えたんだけど」

「……やっぱり人外ですね」

「自覚はある」

月以外の者は驚きのあまり声も出ない様子。

「そうこうしているうちに穴の下へ到着したな。もうかなり小さくなっているし、急がないと全部塞がりそうだ。じゃあまずはお前らから連れていくぞ」

「えっ、ちょっ!?」

「いきなりだ――うわぁ!?」

彼は両腕で夜霧と赤松を掴み、勢いよくジャンプする。

その後瑠璃は、地下大国と地上を何往復もしていった。


「よし、お前で最後だ」

そう言って瑠璃は月をお姫様抱っこした。

「えっ……なんで私だけこの持ち方なんですか？」

「残り一人だし。それに、単純にこうしたかったから」

「あ、そういえば私のことが好きって言ってましたね」

「まあな。……さて、跳ぶから舌を嚙まないように気をつけろよ」

「はい」

彼は今までで一番優しくジャンプをする。そして地上の通路へと上がり、ゆっくりと着地した。

「ふぅ、重かった」

そうつぶやきながら月を地面へと下ろす。

「……ありがとうございます」

月は少しだけ顔を赤くしながら言った。

「おう」

「って、失礼ですね！　一瞬聞き逃すところでしたよ」

「まあ気にすんな」

「気にしますぅ」

「よし、これで全員無事に帰還することができたな。もし誰か不足している団員がいると気づいた者がいれば、名乗り出てくれ」

村雨がみんなを見渡しながら言った。

「俺が見た感じ、全員揃っています」

「同意見です」

赤松と夜霧が返答した。

「わかった。…………琥珀川瑠璃くん。地下大国に閉じ込められてなお、こうしてウチの団員全員が脱出できたのは君のおかげだ。礼を言おう」

そう言って村雨は深くお辞儀をした。

同時に他の全員も頭を下げる。

「そのことについてなんだけど、報酬を要求してもいいか？」

瑠璃が村雨の目の前に移動しながら言った。

「俺たちが払える額まであれば大丈夫だ。……で、何がいるんだ？　お金か？　それともドロップ品のアイテム──」

「──月」

瑠璃が即答した。

「……えっ？」

よく意味がわからなかったらしく、村雨は首を傾げる。

「天神ノ峰団に所属している鳳蝶月をもらいたい」

「そ、それは本人さえいいのであれば、ギルドとしては構わないが。……鳳蝶はどうなんだ？」

村雨の言葉に、月は微笑んだ。

「ふふっ、もちろんＯＫです！」

すると、どこからか「ヒュ～」という口笛の音が聞こえてきた。

「というわけだから、交渉成立だ。……俺たちは今から外へと向かうから、その際に冒険者ギルドで手続きを済ませておこう。団員の退会は団長である俺が書類を書けば可能だからな」

「あー、頼む」

「よろしくお願いします」

瑠璃と月がほぼ同時に言った。

「どうやらサードステージは天神ノ峰団には早すぎたらしい。装備品もなくなったことだし、セカンドステージでしっかりと鍛えてから再び挑戦するとしよう。他の者もそれで文句はないな？」

「「「「はい!!」」」」

村雨の言葉に全員が大声で返事をした。

「それじゃあ俺たちはこれで失礼する。……鳳蝶、今までありがとな」

「いいえ、私のほうこそお世話になりました。団長が拾ってくれたからこそ、ここまでくることができたんです。本当に今までありがとうございました」

月が深いお辞儀をする。

「気にするな。……それじゃあ、今後も頑張れよ」

「じゃあな、鳳蝶！」

「元気でやれよ！」

「琥珀川瑠璃って本当に実在していたんだな。俺男だけど、惚れちまったぜ」

「琥珀川瑠璃さん。助けにきてくれてありがとうございました」

「鳳蝶！　簡単に初めてをあげたりするなよ～？」

団員たちがそれぞれ感謝や別れの言葉を告げていく。

「おい最後に喋った赤髪！　意味はよくわからないけど、なんかムカつくからぶっ飛ばすぞ」

「赤松さん。殺しますよ？」

そう言って赤松を睨みつける瑠璃と月。

「うわっ、怖いから一足先に逃げよっと。……なんか俺にだけ当たりが強いような気がするんだけど、気のせいかな？」


そうして天神ノ峰団の全員が去っていったあと。

月が突然瑠璃に抱きついた。

「瑠璃さぁん」

「うわっ、なんだよいきなり」

「改めまして、よろしくお願いします」

「お、おう。すごい今更感があるけどよろしくな」

「ふふっ。大規模ギルドからもらえる報酬でわざわざ選ぶなんて、よっぽど私のことが好きなんですね」

「ああ、人類のなかで一番大好きだ」

「……あっさりしすぎているせいで、少ししかドキッとしません」

「うん。そろそろ重いから離れてくれ」

「殺しますよ？」

「月ってさ、いつの間にか口が悪くなったよな」

「多分、瑠璃さんの影響だと思います」

というわけで、正式に月が仲間に加わったのだった。


「さてと、下の階層へ続く階段を探さないといけないいな」

軽く地面を殴って少し大きめの穴を開けつつ、瑠璃がつぶやいた。

「かなり広いですし、また別々に探しますか？」

「いや、一緒に探そう」

「でも地下大国と地上に分かれて探したほうが効率よくないです？」

「また月がどこかにいなくなったら嫌だ」

瑠璃の言葉に月は「あっ」と口を開ける。

「……心配をかけてすみませんでした」

「無事だったからよかったけど、もう大切なものを失うかもしれないという不安を味わいたくない」

「相変わらず真顔で恥ずかしいセリフを言うんですね」

「本心を言っているだけなんだから、恥ずかしいも何もないだろ」

「それは瑠璃さんだけですよ」

「その考えに至るということは、まだまだ三次元の思考回路だな」

「三次元ですか……。なんか最近、別にそれでもいいと思うようになってきました。同じ四次元の考え方だと対立が生まれたりして上手くいかないような気がするんです。違う場所にいるからこそ、こうして何年も一緒にいられるんじゃないかなって」

「えっ、マジで？　その考え……四次元にたどり着けているんだけど」

「はい？」

「つまり俺のいる次元ってそういうことなんだよ」

「全然わからないんですが」

「あっ、じゃあまだ月は三次元の思考回路だな。四次元にいる人間はわかるとかわからないとか、そもそもそういう疑問にたどり着かないし」

「どうせそれっぽいことを言って、適当に喋っているだけでしょ」

「その適当にすら理《ことわり》が当てはまっていくのが四次元だからな」

「そうですか。早く階段を探しましょう」

「あっ、考えることを放棄しやがった。まあいいけど。……で、それについてなんだけどさ、さっきいいこと思いついた」

「なんです？」

「俺が月をお姫様抱っこして全力で走り回ったら全部解決じゃないか？　お前が誰かに連れ去られる心配もないし、待ち合わせとかもしなくていいし、何より俺の速度で移動しながら二人で探すのは効率がいいし」

「あー、それはそうですね。……でもちょっと恥ずかしいんですが」

「じゃあなんの問題もないな」

「はぁ、まあそういうことでいいです」

瑠璃は優しく月をお姫様抱っこし、再び穴の下に広がっている地下大国へと下りていった。

地上ほど広くはないが、それなりに探す場所は多い。


上手に地面へ着地し、土の街を駆け抜けていく。

「大丈夫か？　怖くないか？」

「めちゃくちゃ怖いです。もうちょっとスピードを落とせないんですか？」

「これでも落としている。ま、もう少ししたら慣れてくるだろ」

「改善する気がないなら最初から聞かないでくださいよ。なんとなくわかってましたけど」

「とりあえずお城を通り抜けて、更に遠くへ行ってみようと思うんだけど、どう？」

「いいと思います」


瑠璃たちはかなり遠いはずのお城を20秒と経たずに通過した。

「あの、瑠璃さん」

「どうした、トイレか？」

「実はちょっと前から我慢してて、言おうかどうか迷っていたんですけど、走るスピードが速すぎて出ちゃいそうなんで、やっぱりどこかで済ませておきたいなぁ～なんて……って、違いますよ！」

「否定するまでが異様に長いな」

「そうじゃなくて。せっかくお姫様抱っこをされているので、ちょっと何か女の子が喜びそうな甘いセリフでも言ってみてくれませんか？」

「えぇ～。なんでそんな三次元のなかでもめちゃくちゃ低レベルなことをしないといけないんだよ。そもそも甘いの基準とかわからないし、俺には無理だっての。……それよりもさ。お前、あの赤髪とどういう関係なんだよ」

急に瑠璃が低音ボイスになった。

「えっ」

「あいつなんて忘れて俺のモノになれよ」

「……めちゃくちゃノリノリじゃないですか！　一瞬びっくりしましたよ。しかも無駄に上手いですし」

「そんな強がらなくてもいいじゃん。……俺の前ではありのままでいろよ」

そう言って月を見つめる瑠璃。

「そう……ですか？」

「つい最近気づいたんだけど、実は出会った時からずっとお前のこと目で追ってた」

「私も、その……ずっと瑠璃さんの戦う姿がかっこいいなぁって」

「あのさ、月」

「は、はい！」

「疲れたしなんかたまたま階段が見つかったから、もうやめていいか？」

急に瑠璃の声のトーンがいつも通りに戻った。

「えっ…………だめです」

「なんでだよ」

「ずっとさっきの感じで生きていてください」

「面倒くさいし、そもそもあんなことを素で言う男なんていないだろ」

「絶対いますって」

「いいや、いない」

「偽物は早くどっか行けーー！」

「これが本物だっつってんだろ。獣人の街のなかに放り投げるぞ、お前」

「すみません。調子に乗りすぎました」

そんな会話をしつつ、二人は階段を下りていく。


本来ならば、この第30階層にはとある場所に抜け道があり、そこから地下大国へと侵入して獣人たちに見つからないように階段を探していくのが最も安全な攻略法なのだが、この人外たちには関係なかったようだ。

Chapter 3-2

第31階層。


地下大国から階段を下りていくと、草原に出た。

遠くに湖と森が見える。

「よし、ここからは自分で歩いてくれ。重たくて腕が千切れそうだ」

そう言いながら瑠璃は彼女を下ろす。

「実際私ってそんなに重くないと思うんですけど？　瑠璃さんは身体能力が半端ないわけですし、多分持ってないのと同じくらいじゃないですか？」

「まあ本当のことを言うと別に重くもなんともないんだけどさ……。めちゃくちゃ神経を使わないといけないから非常に疲れる」

「ん？」

「月を怖がらせたくなかったから今まで黙っていたんだよ」

「何がです？」

「ちょっと力の加減を間違えたら簡単に月の身体を潰してしまいそうだから、必死に腕の力を抜いてお姫様抱っこしてた」

「いやいや、ちょっと！　そういうことは先に言ってくださいよ」

「悪い」

「もう二度とお姫様抱っこしないでください。……だって甘い言葉をかけられている時、私は死と隣り合わせだったってことでしょ？」

「そうなるな」

「……絶対知らないほうが幸せだった事実ですね」

「だから言わなかったんだよ」

「まあ過ぎ去ったことをしつこく言っても仕方ないんで、許すことにします。それに瑠璃さんはそんな失敗をするような人ではないですし」

「約束はできないぞ」

「だって瑠璃さんは私のことが世界一好きなんですよね？　壊すはずないじゃないですか」

「……まあな」

「で、これからどうします？」

「多分地面を掘ったら下の階層へ行けるんだろうけど、とりあえず喉が渇いたから湖に行こう」

「あ、いいですね。私もちょうど喉が渇いていたのでありがたいです」

瑠璃は月のペースに合わせて走り、湖に移動する。

かわいそうなことに、道中の雑魚敵は全て瑠璃によって一掃された。

「ゴクッゴクッ」

突然瑠璃が湖を目の前にして、そう言った。

「なんで水を飲む時みたいな音を口で言ったんですか？」

「もし仮に俺が主人公の小説があった場合、喋ったこととかが全て文字で表されるわけだから、読者を一瞬だけ騙せるんじゃないかなと思って」

「頭大丈夫です？　そんなことあるわけがないでしょう」

「いや、ほぼ１００パーセントあるだろ。四次元の思考回路で考えた結果、そういう結論に至った」

「ゴクッ……ゴクッ……あー、めちゃくちゃ冷たくておいしいですね」

「お前演技下手だな。なんでずっと棒読みなんだよ」

「だって瑠璃さんの考えによると、言ったことが全て文字で表されるんですよね？　つまりどんなに抑揚のない喋り方をしていようとも、私と瑠璃さんは同レベルです。なんなら飲んだあとのセリフがある分、私のほうが読者を騙せてますよ？」

「もうその話題飽きたし、普通に飲もうぜ」

「なんか逃げられたような気がしなくもないですが、まあそうですね。もう喉がカラカラです」

そうつぶやいて彼女は湖の水を飲み始める。

「もう喉がカラカラです。赤ちゃんが遊ぶおもちゃはガラガラです！　なんつってな」

「ブッ！　……ゲホッゲホッ」

瑠璃の言葉を聞いて、月が吹いた。

水しぶきが周囲に飛び散る。

「おい、汚いな。もう少し上品に飲めないのか？」

「けほっ……。瑠璃さんが笑わせるからじゃないですかっ！　やめてくださいよ」

「いや、全然面白くなかっただろ」

「私にとっては面白かったんです！」

「そうか？」

「…………ほら、早く瑠璃さんも飲んだらどうですか？」

「絶対仕返しをするつもりだろ。……俺は笑わない自信があるけど、大丈夫か？」

「ええ。問題ありません」

「上等だ」

瑠璃は湖の水面に口をつけ、少しずつ飲んでいく。

「えいっ！」

月がいきなり彼の背中を勢いよく押した。

「うわっ!?」

突然のことに対処できず、瑠璃はバシャァアン！　という水しぶきを立てて湖へと落ちていく。

彼はすぐさま水面から顔を出し、月を睨んだ。

「おい、びっくりするだろ」

「あははっ、すみません。ちょっと手が滑ってしまって」

「えいっ！　って言ってなかったか？」

「ふふっ、仕返しですよぉ～」

「ったく、冷たくて気持ちいいじゃねぇか！」

「じゃあなんの問題もないですね」

「というか持ち上げてくれ。何か巨大な魚が足に噛みついてきていて、全然動かないんだけど」

「さすがにそれはないでしょ。瑠璃さんですし」

「いや、これはガチ。マジで動かない」

「その手には乗りません。どうせ手を握った瞬間に引っ張るんでしょ？」

「くそ、バレたか」

「何年一緒に過ごしていると思っているんですか」

「まあ仕返しとかは置いといて、入ってきたらどうだ？　すごくひんやりしていて気持ちいいぞ」

「なんかそう言われたら入りたくなってきました」

「別に服が濡れても布の服であればいくらでもアイテムボックスから出せるし」

「そうですね、じゃあ私も入ります」

月は布の服とズボンを着たまま、ゆっくりと湖のなかへ入った。

「うわぁ、冷たいですね」

「だろ？　ストレス解消になるというか、とにかく気分がいい」

瑠璃は泳いで陸から離れていく。

「確かに気持ちいいんですけど……ちょっと怖くないですか？」

「何がだ？」

「湖の底が見えないので、いろいろと妄想が膨らむんですよ。……たとえばいきなり巨大魚が襲《おそ》ってきたり、実は底なしだったり。そんなことを考えたら怖くなりませんか？」

「いや、別に？　俺は自分が最強だと思っているからな」

「瑠璃さんはそうかもしれないですが、私はあまり強くないですし……」

「俺のそばにいたら大丈夫だって」

「すごい説得力ですね。大口を叩くだけの人とは違って、瑠璃さんは実際に実力が伴っていますから」

「さて……。ちょっと湖の底を見てくる」

「え？」

「どれくらい深いのか興味がわいてきた」

彼はすぐさま水中へと潜り始めた。

「そばにいたら大丈夫とか言いつつ、一人でどこかに行っちゃったんですけど？」

月がツッコミを入れる。

「全く、本当に仕方のない人ですね」

と、その瞬間。

とてつもない水しぶきとともに巨大なネッシーが宙を舞い、草原へと落ちていった。

「はいぃぃぃぃ!?」

続いて30メートル級の凶悪そうな魚が打ち上げられ、ネッシーの横へと落下する。

「これ絶対瑠璃さんの仕業でしょ!?」

月は急いで草原に上がり、走って遠くへと移動していく。

「湖のなかにあんな生物がいることを知ったのも怖いですが、早く離れないと瑠璃さんの攻撃に巻き込まれそうです」

そう言って走る月の真横に、山のようなサイズのスッポンが落ちてきた。

「ひゃっ!?」

更に巨大なザリガニ、ワニ、牙の生えたナマズなどが降ってくる。

「ち、ちょっといい加減にしてくださいよ!」

最後に瑠璃がものすごいスピードで湖から飛び出してきた。

彼は遠ざかっていく月の真横に着地し、口を開く。

「ちゃんと底あったぞ」

「きゃっ……て、瑠璃さんじゃないですか！　私、あの巨大な魔物たちに潰されそうになりましたよ!?」

月が立ち止まって言った。

「どうして湖から離れたんだよ。月が泳いでいた位置を避けて吹っ飛ばしていたのに、その意味がないだろ」

「そんなの知りません。そもそも地上に飛ばさないでください」

「だってこいつらがダイビングの邪魔してきたし、もしかすると食べられるかもしれないと思ってな」

「ま、当たらなかったからいいですけど」

「実際月のレベルなら潰されても死にはしないと思うぞ」

「そういう問題じゃなくて、無駄なダメージを負いたくないんですぅ。お嫁にいけなくなったら責任取ってくれるんですか？」

「当たり前だろ。というかお嫁にいける状態でも俺は手放す気ないし」

「……そういうセリフを吐くなら、もう少し恥ずかしそうに言ってもらえません？」

「と言われても、別に恥ずかしくないんだよな」

「ま、それが瑠璃さんですよね。知ってます」

「それより聞いてくれ。この湖そこまで深くなかったぞ」

「そうなんですか？」

「ああ。そして魔物を倒すたびにレベルが上がるし、いいこと思いついた」

「レベル上げがしたいんでしょ？」

「……えっ、なんでわかったんだ？」

「そのくらいわかりますよ」

「そういうことだから、ちょっとだけやってきてもいいか？」

「別にいいですけど、ひとつ条件があります」

「なんだ？」

「私も経験値が欲しいのでパーティーを組んでください」

「………………」

「なんでそんな露骨に嫌そうな顔するんですか！」

「だって半分になるし」

「瑠璃さんは獲得経験値が二倍になる指輪を装備しているんですから、別にいいじゃないですか。……それに、私もこれからダンジョン攻略の役に立ちたいんです！」

「俺としては、そばにいてくれるだけで充分なんだけどな」

「そう言ってもらえるのは嬉しいんですけど、私は瑠璃さんと一緒にダンジョンを攻略したいんですよ」

「なるほど。了承！」

「えっ、本当にいいんですか？」

「ああ。その代わり月は湖の近くに徘徊している弱そうな魔物を狩っていてくれ。危なくなったらすぐに大声を出して俺を呼ぶんだぞ？　どんなに奥深くに潜っていても助けにいくから」

「はい。ありがとうございます」

二人はパーティーを組み、レベル上げを始めた。

瑠璃は湖のなかに潜んでいる強敵。

月は草原の魔物。

ものすごい速度でレベルアップの音が響いていく。

実はこの第31階層目にある湖。

調子に乗って水遊びをする冒険者を殺すために、白竜レベルの強敵が大量に設置されていたのだが、瑠璃にとっては都合のいい経験値でしかなかった。


瑠璃と月が第31階層でレベル上げを始めて一年が経った。

「瑠璃さぁ〜ん。そろそろ先に進みませんか？　私もうこの階層飽きました」

月が水面から顔を出しつつ言った。

瑠璃も浮き上がって答える。

「えー。せっかく月も湖の魔物を倒せるようになってレベル上げの効率がよくなってきたのに」

「それはそうですが。……瑠璃さんはずっと水中に潜り続けてよく飽きませんね」

「俺の趣味はレベル上げだからな。よっと！」

瑠璃は、襲ってきた巨大な魚を蹴り飛ばした。

二人の頭上からレベルアップの音が響く。

「ほら、まだまだ倒すたびにレベルが上がるし、今後こんないい環境があるとは限らないだろ」

「それもそうですね。じゃあ一体倒しても瑠璃さんのレベルが上がらなくなったら先に進みましょう」

「まあ言われなくてもその予定だったけど」

「めちゃくちゃ自分勝手じゃないですか」

「いや、嘘だって。……それに月のレベルアップも手伝っているわけだし、意外と優しいと思うんだが」

「それに関しては本当に感謝しています。ていっ！」

月はそんな声を上げながら、近づいてきた巨大なナマズを蹴り飛ばした。

レベルアップの音が響く。

「にしてもお前かなり強くなったよな」

「この一年くらいで急成長しましたから。あと、この湖の魔物たちがすごい経験値を持っているっていうのもあります」

「俺の感覚からすると、多分こいつらの経験値は白竜と同じくらいあるぞ。だからここはめちゃくちゃレベル上げの効率がいい」

「私もそんな気はしていました。でも、先に進んだらもっと効率のいい場所が見つかるかもしれませんよ？」

「いや、絶対にない」

「なんでそう言い切れるんです？」

「四次元の思考回路にたどり着いたらわかる」

「はぁ、またそれですか……。いい加減そこへの行き方を教えてほしいものです」

「だから、そんな発想が出てくる時点で入り口は封鎖されているんだよ」

「ちなみにその入り口はオリハルコンの扉ですか？　だとしたら私多分壊せますけど」

「いや、あの虹色の膜よりももっと耐久性があるやつ。多分俺でも壊せないだろうな」

「……で、瑠璃さんはどうやってそのなかに入ったんです？」

「そもそもその考え方がおかしいんだって。四次元ってのは気づいたらそこにいるものなんだから」

「それっぽいことばかり言ってますけど、私は四次元の思考回路があるなんて一度も信じたことないですからね」

「それはそれでもいいと思うぞ。大抵の人間が三次元のまま死んでいくし」

「そうですか」

それから三ヶ月後。


「必殺、水圧蹴り！」

瑠璃はキックによる水圧で、湖の奥底にいる巨大なネッシーを仕留めた。

レベルアップの音が月の頭上からのみ聞こえる。

「……あれ？　今瑠璃さんのレベル上がらなかったですよね？　というわけでそろそろ先に進みましょう！」

よほど飽きていたのだろう。

月が嬉しそうに言った。

「何言ってんだ？　ちゃんとレベルアップの音はしていたぞ。月の勘違いじゃないのか？」

「いいえ、絶対に違います」

「じゃあ試しに魔物を殺してみろ。必ず聞こえるから」

「それはそうでしょ。さっき上がらずに蓄積された分の経験値があるんですから」

「いいや、たとえ１００体倒したとしても上がり続ける」

「まあいいです。次一度でも上がらなかったら先に進みますからね」

「いいぞ」

「じゃあ不正ができないように近づいておきます」

そう言って月は彼のそばに移動した。

「どうせならもっと近づけよ」

彼女の肩に腕を回しながら瑠璃がつぶやく。

「ひゃんっ！　……ちょっと、いきなりすぎますよ」

「このほうがいいだろ」

「私としてもこっちのほうが嬉しいんですけど、レベルアップの音が判別しにくいので……」

「まあ大丈夫だ」

「もう少し離れてください。不正は禁止です」

「はぁ。本当に近くにいたかったからやっただけなのに」

「………………検証が終わったら近づきましょ」

「そういうことならいいけど」

瑠璃は少し残念そうに離れていく。

そして多少の距離を空けて魔物を倒していくこと約30体目。

月の頭上からのみレベルアップの音が響く。

「ピコーン！」

瑠璃が明らかに裏声で言った。

「…………あの、瑠璃さん」

「なんだ？」

「バレてますよ？」

「なんのことだかさっぱりわからないな」

「……うん。進みましょう」

「もう少しレベル上げをしていたかったんだけど、月がそう言うなら仕方ない。行くぞ」

「はい」

その後、瑠璃がある程度地面を掘ったのだが、次の階層にたどり着けなかったため、結局普通に階段を探すことにした。


瑠璃たちが湖でのレベル上げをやめた、その日の夜。

とある酒場にて、巨大な鎧を着た男が仲間に向かって尋ねる。

「なぁ、最近レベルの世界ランキングを見たか？」

「一時間前、お前に見せられたっての」

「ん？　ああ、そういえばそうだったな」

「ランキングはもういいから、別の話をしようぜ」

「別の話と言えば、ずっと行方不明になっていた天神ノ峰団がサードステージから帰ってきたかと思えば、この一年でかなり強くなったよな。ランキングも徐々に上位へ食い込み始めているし」

「話によるとセカンドステージの第一階層でずっとレベル上げをしているらしいぞ」

「ほぉ。それは知らなかった」

「話は変わるけど、あれは今からちょうど半年前くらいだったかな」

「何がだ？」

仲間の男の発言に、鎧の男が首を傾げて聞き返した。

「天神ノ峰団がいない隙にランキングの三位、四位、五位を占領していた【蓋世三兄弟《がいせいさんきょうだい》】のうち、二人が同じ日にランキングから消えた事件のことだ」

「あー！　そう言われりゃーそんなこともあったな。二人はサードステージのなかで死んだって噂だったけど、あれからもう半年も経ったのか？」

「全く……。時が流れるのは早いもんだぜ」

「蓋世三兄弟の団長だった空蟬《うつせみ》は今も少しずつレベルが上がり続けていることから、サードステージのどこかで過ごしているんだろうけど」

「ほんとダンジョンから出ずに生活とか、よくやるよな。正直頭がイッっているとしか思えねぇ」

すると鎧の男が眉間にしわを寄せ、大声を出す。

「おい！　瑠璃とるなたんを馬鹿にしてんのか？　こら」

「そうじゃねぇよ」

「あの二人は俺の推しなんだぞ？　次わけのわからねぇこと言ったらぶち殺すからな」

「お……おう。にしても上位二人はどっちも無所属か。……蓋世三兄弟の空蝉も実質ソロで無所属みたいなもんだし。一人でダンジョンに潜るほうが効率がいいのか？」

「俺の記憶によれば、第二位のるなたんは元々天神ノ峰団に所属していたんだ」

「その話は何度も聞いたからもういい」

「噂では、数年前からずっと瑠璃と一緒に行動しているんだとさ」

「まあ、あのレベルの桁からしてそんな気はするな」

「ようし！　そろそろ確認するか」

そう言って鎧の男はランキング画面を開いていく。

「昔からずっと思っていたが、お前完全にランキング中毒だよな」

「うるせぇ、ほっとけ」

【第五位　村雨《むらさめ》刃《やいば》　・天神《てんじん》ノ《の》峰《みね》団《だん》　ＬＶ１２４３０８】

【第四位　海風《うみかぜ》凪《なぎ》　・雨《あめ》の神風組《しんぷうぐみ》　ＬＶ１２７７８７】

【第三位　空蟬終《うつせみしゅう》・蓋世三兄弟《がいせいさんきょうだい》　LV2365578】

「今見ると第三位もずば抜けているな」

「そりゃそうだろ。四位と20倍近くも差がついてんだから」

「だが、二位のせいで薄れるんだよな」

【第二位　鳳蝶月《あげはちょうるな》・無所属《むしょぞく》　LV9055540】

「るなたん！　今日もかなり成長しているな。いい子いい子」

鎧の男がにやりと笑みを浮かべてつぶやいた。

「その顔で何言ってんだお前」

「ファンなんだからしょうがねぇだろ。……さぁさぁ、続いては俺が昔から大好きな子が出てくるぞ。びっくりして漏らさないよう、今のうちにトイレを済ませとけよ」

「一時間前と全く同じこと言いやがって」

「じゃじゃん！」

【第一位　琥珀川瑠璃《こはくがわるり》・無所属《むしょぞく》　LV67884756】

「圧倒的なはずのるなたんと比べても、差がおかしすぎだろ。……今日も大好きだぞ、瑠璃」

鎧の男が低音ボイスで言った。

「お前一回死んだほうがいいぞ、マジで」

「あぁん？」

そんな会話をしつつ、二人は朝まで酒を飲み続けた。

Chapter 3-3

第32階層。


森のなかにあった階段を下りていくと、小さな部屋にたどり着いた。

家具や小物がきちんと整頓されており、清潔感がある。

壁や床、ドアなどがオリハルコンでできているようだ。

「楽なパターンの階層だな。今なら月でも余裕で壊せるだろ」

瑠璃がドアへと向かいながら言った。

「瑠璃さん。ちょっと二人で協力して鍵を探してみませんか？」

「えぇー……」

「そんなに面倒くさそうにしないでくださいよ。私最近レベル上げしかしていなかったせいか、なんとなく頭を使いたくなったんです。それに、四次元の思考回路を持つ瑠璃さんにかかれば簡単でしょう?」

「まあな」

「というわけで、さっそく謎解きチャレンジですぅ!」

「お前元気だな」

「絶対瑠璃さんよりも活躍しますからね」

「言ったな? 上等だ」

「頭は私のほうがいいってことを証明してみせます」

「無理無理、諦めろ」

「むぅ~。そう言っていられるのも今のうちですよ」

月は机へと向かっていく。

「こういう脱出ゲームって、大体引き出しにヒントがあるんですよ」

「そうなのか?」

「そういえば今まで聞いたことなかったんですけど、瑠璃さんってダンジョンが出現する前、ゲームとかしてましたか?」

「ああ。友達が一人もいなかったから、家で読書とかゲームばかりしてた。頭脳ゲームやら脱出ゲームみたいな頭を使うやつはしたことないけど」

「へぇー」

「でもさ。いつもゲームをしながら違和感を感じていたんだよな」

「ん？　違和感ですか？」

「だって敵から攻撃を受けても痛くないし、いくら経験値を稼いでも現実の俺は強くならないし」

「まあ、それがゲームですからね」

「昔はずっと生きている感じがしていなかった。だから今は死と隣り合わせでとても楽しい」

そう言って瑠璃は微笑む。

「ちょっと楽しみすぎな気もしますけど」

「月はどうだ？　ダンジョンが出現する前と今どっちが……って、ごめん。今の質問は忘れてくれ」

「なんで謝るんですか？」

「だって月の親はダンジョンのせいで、な」

「気にしないでください。辛くないと言ったら嘘になりますけど、瑠璃さんと出会ってからは結構楽になりましたから」

「……そうか」

「だから私はダンジョンを創った人を見つけて、復讐するのではなく、両親のお墓の前で土下座させようと決めたんです」

「ははっ、それいいな」

「でしょ？　って、それはともかく早く鍵を見つけましょうよ」

「おう」

月が机の引き出しを開けると、小さなオリハルコン製の金庫が入っていた。

透けているため、なかに鍵らしき物が見える。

「パスワードが四桁か……」

「さすがに当てずっぽうは無理そうですね」

「俺はあっちを探してみる」

「じゃあ私は引き続き、机の引き出しを」

瑠璃はタンスの前に移動し、上から順番になかを探し始めた。


一段目……何もない。

二段目……何もない。

三段目……何もない。

四段目……メモが一枚入っていた。


「なぁ月。タンスのなかにメモがあったぞ？」

「こちらにもメモがありました」

瑠璃はメモを持って机の前に移動する。

「俺のほうに①って書いてあるから、おそらくこれが最初のメモだろ」

そう言って机の上に広げた。

【①
海　星↓　□□△
饂　飩↓　□□☆
鹿尾菜↓　□□○】

「……ん？　これって漢字を読めってことですよね？　一番右のやつならどこかで見たことがあるような気がするんですけど。……あっ、ひとでですよっ」

「次、そっちのメモ見せて」

「あ、はい」

月が紙を机の上に置いた。

【②
蝸　牛↓　□□×□□

木　通↓　□●□
轆　轤↓　◆□◆
△☆○×●◆】

「……」

「あの、私ひとで以外読めないんですけど」

「なるほどな」

瑠璃は部屋のなかを見渡し、ドアのほうに向かって歩き出す。

「どうしたんですか？　わからないからってドアを壊すのは禁止ですからね？」

「そんなことしねぇよ」

そう返答しつつ、彼は電気のスイッチを押した。

すると、天井の円形の蛍光灯が光る。

「どうして部屋の電気を……って、あぁ！　蛍光灯に数字が浮かび上がっています」

「ふむふむ」

瑠璃はオリハルコンの金庫を手に取って、蛍光灯の数字と同じになるようパスワードの部分を回していく。

「1……2……2……1っと。あっ、開いたぞ。これで鍵ゲットだ」

「……」

瑠璃は鍵を持ってドアの前へと移動。

「あとはこれを使ってドアを開ければ、ほらこの通り」

「……」

彼の視界の先には、通路が続いていた。

遠くに階段も見える。

「もう終わったぞ」

「……」

「意外と簡単だったな」

「……」

「あれ？　どうしたんだ月。さっきから黙っているけど」

「……なんかものすごくムカつきます」

「なんでだよ。案外スムーズに終わったじゃん」

「そうではなく、瑠璃さんが予想以上に頭がよかったことに腹が立ちます」

「いやさっき言っただろ？　俺は昔、読書ばかりしていたって。だからわりと博識なんだよ」

「……ならどうして子どもの作り方を知らないんですか」

月が小さくボソッとつぶやいた。

「ん？　何か言ったか？」

「なんでもありません。次からはドアを壊して進みましょう」

「元々月が謎解きをしたいって言い出したような気がするんだが、気のせいだろうか」

「気のせいですよ」

「そうか」

「ちなみにあのメモに書かれていた漢字、全部読めたんですか？」

「ああ。ひとで、うどん、ひじき、かたつむり、あけび、ろくろ。それで、答えの形が違う部分を集めていったら【でんきつけろ】っていう言葉になった」

「へぇー！　次の階層のドアは私が壊しますね。ストレスを発散したいので」

「……お、おう」

月の凄まじい迫力に、瑠璃は頷くことしかできなかった。

第33階層。

「ドアを壊したいとか言っていたけど……そんなのどこにもないな」

辺り一面真っ白の雪景色を見ながら、瑠璃がつぶやいた。

吹雪が吹いているため、あまり遠くが見えない。

「くしゅんっ！　……めちゃくちゃ寒くないですか!?」

「月のくしゃみ、かわいいな」

「馬鹿にしないでください」

「全くしてないんだけど、まあいいや。……確かに俺たち二人とも半そで半ズボンだし、寒さはほぼダイレクトにくるぞ」

「瑠璃さん、私を温めてください」

月がいきなり彼に抱きつく。

「お前情緒不安定なやつだな。さっきまでストレスがどうとか言って怒ってたくせに」

「これだけ寒ければ怒りもなくなりますよ」

「とにかく、どこか雨風しのげるような場所を見つけよう。走れるか？」

「お姫様抱っこしてください。瑠璃さんが全力で走ったほうが絶対に速いので」

「確かに今の月であれば、俺が少しくらい力加減を間違えたところで怪我はしないだろうけど、大丈夫か？」

「はい。よろしくお願いします」

「了解」

彼は月をお姫様抱っこし、ものすごい速度で雪のなかを走り抜ける。

周囲には木々が一本も生えておらず、ただひたすら平面の雪が広がっていた。

ゆえに今自分がどの方角を向いているのかがわからなくなる。

「あっ、今ふと思ったんですけど、一度32階層に戻って大量の布の服で防寒着を作ってから探索を始めればよかったですね」

「あー、そう言われたらそうだな。今ならまだ戻れるが、どうする？」

「瑠璃さんが抱っこしてくれるならこのままでいいです」

とそこで、巨大な白熊がものすごい速度で瑠璃に殴りかかった。

彼は一瞬だけペースを速めて回避し、何事もなかったかのように話を続ける。

「というかさ、おんぶに変えようか？　体感的にそっちのほうが温かいだろうし」

「いえどちらかというと、このまま甘い言葉をつぶやいてくれたほうがポカポカします」

「……絶対やらねぇ」

「そんなこと言わずに低音ボイスで喋ってくださいよ」

瑠璃がジト目で月を見つめる。

「元気があり余っているみたいだし、自分で走るか？」

「……寒いですぅ」

全速力で追いついてきた巨大な白熊が、今度は体当たりをしてくる。

瑠璃は一瞬だけペースを遅くして躱した。

「そもそも、なんでそんなにレベルが高いのに寒いんだよ。自分で走りたくないだけじゃないのか？」

「いいえ、瑠璃さんと引っついているのでなんとかなってますけど、肌が直接外気に触れているせいかわりとやばいです。逆にどうしてこの吹雪のなかで平気なんです？」

「男ってのは、大切な女を守るために生きているようなもんだからな。お前を抱っこしている今、こんな吹雪程度肌に優しいホワイトパウダーみたいなものだ」

「あ、今のセリフ。ちょっと声を低くして言ってみてください」

「嫌だっつーの。そんなに言うなら逆に月もなんかやってみろよ。かわいい声で男がキュンとするようなセリフとか」

「えっ……めっちゃ恥ずかしいです」

「絶対笑わないから、とりあえず言ってみろ」

「笑ったら怒りますからね？」

「約束しよう」

月は一度コホンと咳ばらいをし、瑠璃を上目遣いで見つめながら口を開く。

「ねぇねぇ。あま――」

「――ガオォォォ！」

白熊が大声を上げながら、再び体当たりをしてきた。

「うるせぇ、てめぇ！　月のセリフを遮るんじゃねぇよ」

甘い雰囲気を邪魔されたことによってとうとう頭にきた瑠璃が、白熊に全力の蹴りをくらわせた。

凄まじい威力により、全身が破裂して粉々になりつつも遠くへと飛んでいく。

レベルアップの音が響いた。

ちなみにあの白熊はこの階層の主であり、本来であれば戦いを避けるべき強敵だったのだが、瑠璃の前では赤子も同然だった。

一応戦闘力で表すなら、さっきの白熊は白竜よりも少し弱いくらい。

サードステージの第33階層の主ですらこの程度の戦闘力なのだから、セカンドステージの罠がどれだけ凶悪だったかは言うまでもないだろう。

「はぁ。あの白熊のせいで言う気が失せました」

月がため息をついた。

「……もう一度頼む」

「今からだと、さっきみたいな雰囲気を作れませんよ」

「絶対できるって。月かわいいし」

「そ、そうです？」

「ああ。だからもう一回最初からやってみてくれ」

「そこまで言うなら仕方ないですね」

月は再び咳ばらいし、上目遣いで瑠璃を見つめながらつぶやく。

「ねぇねぇ。……あまえてもいい？」

吐息交じりで、すごくかわいい声質だった。

「……」

瑠璃が無言で転んだ。

月が雪の上へと放り出される。

「――っ!?　ちょっと瑠璃さん、何してるんですか。かなりの速度で走っていたんですから、雪が積もってなかったら怪我してましたよ？」

「…………」

瑠璃からの返答はない。

雪の上でうつ伏せになっている。

「……あれ？　死にました？」

「生きてはいる」

「あ、そうですか」

「でも、死ぬかと思った」

「死ぬかと思ったって……失礼ですね！　そんなに私の声が気持ち悪かったんですか？」

瑠璃はゆっくりと立ち上がりつつ、首を左右に振った。

「そんなわけないだろ。月がかわいすぎてやばかったんだよ。なんというか心臓が止まるかと思った」

「えっ……そう言ってもらえたら嬉しいですけど。でも、そんなにですか？」

「なんかよくわからないけど、お腹の奥がきゅーってなった」

「男の人って、女性に甘えられたらそんなことになるんです？」

「俺も初めての経験だからよくわからん。…………月、改めて俺はお前が好きだ」

そう言いながら瑠璃は彼女をお姫様抱っこし、再び走り出す。

「ひゃっ……あの。私もです」

「女性の声ってすごいんだな。更に守りたくなった。いや、守らないといけないんだ！　って心の底から思わされた」

「ちなみに私が瑠璃さんの低音ボイスを聞いた時はその反対でした。守られたいなって思いましたもん」

「俺の声にそこまでの威力はないだろ」

「あるんですって！　喉のなかに声優が二人いるって言われても違和感ないくらい違いましたから」

「なんか普段の俺の声が微妙みたいな言い方だな」

「正直言って微妙です。声のトーン高いですし」

「おい！」

「あっ、正面に洞窟が見えてきましたよ」

月が目を細めて言った。

「今更気づいたのか？　俺はもっと早く気づいていたぞ」

「いやいや、吹雪のなかでそんなすぐに見つけられるわけないでしょ。私に負けたからといって見栄を張らなくてもいいですよ？」

洞窟に到着したため、瑠璃はスピードを落としてゆっくりとなかへ入っていく。

一定距離ごとに松明が設置されており、多少明るい。

「別に見栄なんか張ってねぇよ。俺くらいのレベルになると視力が鷹よりも高くなるんだよ」

「絶対視力にレベルなんて関係ないと思います」

「それがあるんだな。まあお前もレベル６０００万を超えたら実感できる」

「もしそれが嘘だったらどうします？」

「ガルルルゥ！」

「話の邪魔すんな！」

「ギャゥ!?」

突然正面から襲ってきた茶色の熊を、瑠璃が蹴り飛ばした。

上手に手加減していたこともあり、熊は爆発することなく洞窟の壁にめり込んだ。

「もし嘘だったらそうだな……。月の全力の攻撃をノーガードで受けてやるよ」

「いや、私絶対ダメージを与えられないじゃないですか」

「そういうわけでこの話は終わりだ。そしてお姫様抱っこも終わりだ」

彼は月を地面へと下ろした。

「……せめてお姫様抱っこは続けてもらえませんか？」

「少しは歩いてくれ。魔物が現れたらまともに戦えないんだよ」

「ここへくるまでに二回出会ってますけど、普通に倒していましたよ？」

「まあな。……あ、いいこと思いついた」

「話をそらしてまで言わないといけないほど、いいことなんです？」

「いや、わりと重要度は低い。だから言わせてくれ」

「全然言っている意味がわからないんですけど」

「四次元の思考回路になったら理解できるから安心しろ。……それで思いついたことなんだけどさ、ちょっと月が俺をお姫様抱っこしてみてくれ」

「……はい？」

「【守りたい】と【守られたい】を入れ替えたら、何か大切なことに気づけそうな気がしないか？」

「そうですか？」

「そのわからないことを常日頃から試してみるのが大事なんだよ。人は無意識のうちに変わらない日常を望むものだからな。それをぶっ壊して初めて内面を進化させることができる」

「あぁ……。なんとなく言いたいことがわかりました。私もちょっとどういう気分になるのか興味がありますし、やってみましょう」

「力加減を間違えて俺の身体を潰したりするなよ」

「多分本気で潰そうと思っても、ステータスに差がありすぎて無理だと思います。だから安心してください」

「ま、月はそんなことしないってわかっているから、安心しすぎて安心できないレベルにたどり着いているまである」

「全然意味がわからないので無視するとして、お姫様抱っこしますよ？」

「お、おう」

彼女は瑠璃を抱っこし、何か違和感を感じたらしく首を傾げる。

「……あれ？　瑠璃さん、予想以上に軽いですね」

「いくらレベルが高くなっても体重が増えるわけじゃないからな」

「なんか、ワレモノを扱っているみたいです」

「だろ？　俺の気持ちがわかってくれたか」

「すごく実感しました」

「あ、月。少し先に分かれ道があるぞ」

「えっ、見えないんですけど」

「足音の響き方で大体わかるだろ。で、どっちに行く？」

「えーっと、私は左がいいです」

「じゃあ左に進むとしよう。もし行き止まりだったり罠があっても俺のせいにならないし。

おっ、見えてきたぞ」

「…………やっぱり右に行きます」

そうつぶやいて月は分かれ道を右側へと進んでいく。

五分ほど走り続けた結果、行き止まりだった。

ボロいベッドがひとつだけポツンと置いてある。

「ほら、やっぱり左だったじゃないですか」

「俺も左って言ったぞ」

「あの言い方は、実質右を選んだようなものです。男のくせにずるいですよ！」

そう言って月は頬を膨らませる。

「それよりもさ、そろそろ下ろしてくれないか？　お姫様抱っこされていたら、普通に走るよりも十倍くらい疲れるんだが」

「そうですか？　私は抱っこされている時のほうが格段に楽ですけど」

彼女は瑠璃を地面へと下ろす。

「別にキュンキュンしたりもしなかったし、しんどいし、俺はもう抱っこされたくない」

「確かに、私もこれじゃない感がありましたね」

「やはりお姫様抱っこは男がするものだし、女がされるものなんだよ」

「はい。すごく実感しました」

「ちなみに、楽に抱っこされるコツとかあるのか？」

「コツと言われましても、相手に身を委ねるくらいですかね？」

「あーじゃあ無理だな。だって月って俺に比べて頼りないし」

「瑠璃さんと比べた場合、世界中の全員が頼りなくなると思うんですけど、気のせいでしょうか」

「気のせいだ」

「うん。絶対違いますね」

瑠璃はゆっくりとベッドに近づきつつ、口を開く。

「で、さっきから気になっていたこのベッドなんだけど、どうする？」

「どうするとは？」

「寝るか無視するか」

「いやいや、そんなの無視の一択でしょ。こんなの明らかに罠ですし」

「でも罠じゃなくて本物のベッドだという可能性もあるぞ？」

「仮に本物だとしてもボロボロですし、どちらにしろ寝ることにメリットがないんですよ」

「俺は月と同じベッドで添い寝できることがメリットだと思っているけどな」

「あそこで添い寝するくらいなら、まだ地面のほうがましです」

「でもそれだと雰囲気がなぁ」

「だから。あんな怪しいところでは、雰囲気もくそもないんですよ」

「じゃあちょっと俺が一人で試してくるから、もし何もなければあそこで添い寝してくれないか？」

月の甘い声を聞いてから、瑠璃は更に彼女に惚れていた。

ゆえに純粋な彼は、腕枕をしてあげながら一緒に眠りたくなっていたのだ。

「ま、まあ仕方ないですね。罠がなければ」

「ほんと？」

「……はい」

恥ずかしそうに頷く月。

「よっしゃ。というわけで行ってくる」

瑠璃は嬉しそうに近づいていき、ベッドに飛び込んだ。


その瞬間、彼の姿が消えた。


「瑠璃さん!?」

月は心配そうな表情を浮かべる。

一応昔は天神ノ峰団で盗賊の役割をしていたこともあり、彼女は罠について詳しかった。

だから、止めるべきであったと後悔する。

瑠璃であればなんとかなるだろうと思い、安心して一部始終を見ていたのに、彼の姿が見えなくなった瞬間月は一気に不安になった。

身体が震えるくらい心配で寂しい。

「私も……行きましょう」

もし彼が異空間よりもやばいところに閉じ込められていたら。

もしそこに彼でも勝てないような魔物が大量にいたら。

そう考えるとじっとしていられなかった。

そうして歩き出したその時。

月の頭上からレベルアップの音が連続で響き始めた。

「ん？」

少し立ち止まって待ってみるも、鳴りやむ気配はない。

「……まさか、強敵を倒しまくっているんです？」

何はともあれ、彼女はベッドへと近づく。

「今の私であれば瑠璃さんの役に立てる。そのためにパーティーを組んでレベル上げを手伝ってもらっているのだから」

そうつぶやきつつベッドに軽く触れた。

Chapter 3-4

月が目を開けると、とてつもなく広くて長いオリハルコンの通路が広がっていた。

見える範囲に瑠璃の姿はない。

その代わりに大量の死体が転がっていた。

巨大な白竜や黒竜、赤竜など、とにかく竜ばかりだ。

天井や壁にも血が飛び散っている。

まだレベルアップの音が響いているため、進みながら強敵を倒し続けているのだろうと月は判断する。

「今追いつきますからね」

彼女は今出せる最高速度で走り始めた。


「まるで夢の国だな」

そうつぶやきながら、瑠璃はオリハルコンの通路を走り抜けていた。

「経験値を大量に持っている竜たちがたくさんいるぞ」

彼は黄色の竜を殴って倒した。

レベルアップの音が響く。

「白竜を倒してもレベルが上がらなかったけど、他の色は絶対に上がるし。きっと大量の経験値を持っているんだろうな」

ベッドで寝ようとした冒険者を確実に殺すために、この通路には一定距離ごとに竜が配置されていた。

今の天神ノ峰団が全員で戦えば、きっと二、三体程度なら倒せるだろうが、そのあとにも大量の強力な竜が待ち受けているため確実に全滅する。

しかも一番恐ろしいのは、この通路にはゴールがないということだ。

いわゆる無限回廊のようなものになっている。

「本来ならここでレベル上げをしたいところだけど、月が待っているし。とりあえず行き止まりまで行ってみてから帰ろう」

一度異空間を破壊したことがあるからだろう。

瑠璃に焦りの表情は見られない。

「おっ、次は紫の竜か。ほんとにいろんな種類がいるんだな」

走りながら相手の胴体にハイキックを入れて、破裂させた。

レベルアップの音が響く。

「にしてもこの廊下長いな。もうすでに結構走っているはずなんだけど」

とその時、白竜の死体が視界に入ってきた。

「は？　共食いか？」

首を傾げつつ、瑠璃は無視して横を素通りする。

「竜って結構頭いいと思うんだが……そんなことするか？」

「全く、瑠璃さんどこまで行っているんですか」

月は全然彼に追いつけないでいた。

それもそのはず。

瑠璃も走り続けているのだから。

「さっきからいろんな色の竜が死んでますし。本当に化け物より化け物みたいな人ですね」

力を抜いている瑠璃とは違い全力で走り続けているため、彼女は疲れてきていた。

「はぁ……はぁ……。でも絶対に諦めません。私だってずっと瑠璃さんのそばにいて成長したんです」

とはいっても、無酸素運動を続けるのには限界がある。

少しずつ月の速度は落ちていった。

「瑠璃さーん！　待ってくださぁーい！」

そう叫びつつも、足は止めない。


「――さーん。待ってくださぁーい」

瑠璃が竜の死体に疑問を抱きながらも、涼しい顔をして走っていると、前方からそんな声が聞こえてきた。

何年も隣で聞き続けてきた声。

それを瑠璃が間違えるはずなかった。

「月か？　なんであいつが俺よりも先にいるんだよ」

瑠璃は速度を上げる。

「まさか魔物の鳴き声だったとか言わないだろうな」

一度脳内で月っぽい魔物を想像してみる。

白髪ロングヘアーで、小柄な体形。

猫耳とくるくるの尻尾が生えている。

「くっ……俺にその魔物は倒せねぇ」

苦虫を嚙み潰したような表情でつぶやく。

そうこうしていると、月の姿が視界に入ってきた。

瑠璃はこの通路にきて初めて全力を出す。

時間にして二秒。

彼女も凄まじいスピードで走っていたにもかかわらず、それがまるで赤ちゃんのハイハイに思えるかのような差だった。

「よう、月。何してるんだ？」

「はひゃっ!?　る、瑠璃さん？　びっくりしたじゃないですか」

「なんで俺よりも進んでいるんだよ」

「それはこっちのセリフです。どうして後ろからくるんですか」

「「……あっ！」」

二人が同時に声を上げた。

「わかったぞ――」

「――この通路は永遠にグルグル回り続ける仕組みになっているんですよ！」

横取りされたことにより、瑠璃は彼女を睨む。

「おい！　俺が先に気づいたんだぞ」

「いいえ、私のほうが早く気づきました」

「嘘つけ。お前ちょっと喋り出すのが遅れていただろ」

「なんでそんな三次元みたいな考え方しかできないんですか」

「いや、言い始める速度に関しては次元なんて関係ないからな」

「とにかく今回は私の勝ちということで、もうここから出ましょう」

「俺の勝ちということでこの話し合いは終わるとして、もう少しレベル上げしていかないか？

カラフルな色の竜がかなり経験値を持っているんだよ」

「瑠璃さんが勝ったと思って一応ビデオ判定をしたら実は私のほうが早かったんです！　どうせまた一時間くらい待たないと竜たちは復活しないでしょ？　ならさっさと脱出して先に進ん

だほうがいいと思います。絶対ここよりも効率のいい場所はたくさんあるでしょうし」

「実は月のほうが早かったんだけど、そもそもそれは世界の理が間違っているからであって、全てが平等な世界線で判定してみたら俺の勝ちだった！　それもそうだな。月にしてはいいこと言うじゃん。じゃあ出るぞ」

瑠璃は全力で通路の壁を殴り、オリハルコンと異空間の膜を同時に貫いた。


この部屋が真っ白に輝き始める。


「あっさりしてますね」

「二回目だからな」


気づくと二人は洞窟の行き止まりに戻ってきていた。

瑠璃が残念そうにつぶやく。

「あぁ……あのベッドがなくなっている」

「まあ罠を内側から壊したわけですし、当然と言えば当然ですけど」

「……月と添い寝できるかと思ったのに」

「そんなに残念なんですか？」

「めちゃくちゃ落ち込んだ。もう立ち直れないかもしれない」

「すごいダメージを受けているじゃないですか」

「ベッドで月に腕枕をしてあげながら一緒に眠りたかったな」

「ちなみになんですけど。……それ以上のこととか、する気ありました？」

「それ以上って？」

月は「はぁ」とため息を吐く。

「やっぱりいいです」

「まさか口づけとか……そういうことを言っているのか？」

瑠璃が顔を赤くして言った。

本当はそれ以上のことを想像していた月は、まあ瑠璃さんは昔からそういう人ですよね、と心のなかでつぶやきつつ頷く。

「まあ……はい」

「お前、かわいい顔してわりと変態だな」

「うるさいですよ！」

「キスなんて結婚してからするものだろ」

「……ですね」

「……」

月は瑠璃の顔を見つめる。

「あの、瑠璃さん。ここで腕枕してもらえませんか？」

「急にどうしたんだ？」

「いえ、さっき全力で走ったので、ちょっと疲れました」

実際は腕枕をやってもらいたかっただけなのだが、恋愛感情に疎い瑠璃は気づかない。

「そういうことか。俺なら大歓迎だ」

「よ、よろしくお願いします」

二人は同時に土の地面へと寝転がる。

「重かったらごめんなさい」

そう言いつつ、月が彼の腕に頭を乗せたその時。

「こうしてもいい？」

瑠璃が低い声で尋ねながら、月の身体を抱きしめた。

彼女は頬を赤く染めて返答。

「……もうやってるじゃないですか」

「うん」

「瑠璃さん。心臓の音すごいですよ」

「いや、月の音だろ」

「違います」

「……どっちでもいい」

「そうですね。どっちでもいいです」

そう言って、月も彼の身体に腕を回した。

すると、一瞬にして瑠璃の顔が赤くなる。

自分の大切な人から求められた気がして、言葉では言い表せないような気持ちになったのだ。

気を抜けば襲ってしまいたくなるような、そんな感情。


抱きしめ合った状態で三分ほど沈黙が続いた。

先に口を開いたのは瑠璃。

「月。絶対俺の顔見るなよ」

「なんでです?」

「多分赤いから」

「じゃあ私のも絶対に見ないでください」

「……うん」

「……」

「ちなみにだけど、月って今まで誰かとこんなことをした経験ってあるのか?」

「瑠璃さんが初めてですよ。そもそもダンジョンが出現する前までは、学校で男の子と喋ったことすらなかったですし、天神ノ峰団に入ったあとも仲間と恋人になったことはありません」

「俺と同じか」

「そういえば瑠璃さんって、幼馴染とか妹っていましたか？」

「いや、どっちもいないけど。それがどうしたんだ？」

「ライトノベルやアニメとかだと、男の子ってそういう女子と結ばれることが多いんですよ」

「幼馴染はありだとしても、血の繋がった妹と結婚はないだろ」

「そういうものですか？」

「あくまで俺はの話だけどな」

「……あの、瑠璃さん」

「なんだ？」

「興味本位で聞くんですけど、将来結婚する気ってありますか？」

「ある」

瑠璃は即答した。

「へぇ……」

「けど今はまだしない」

「えっ？」

「ダンジョンを創ったやつに会うまではする気ないから」

「あー、そういうことですか」

「神様か誰かは知らないが、ダンジョンを創ろうと思った理由を聞いて、月の親のお墓に連れて行って土下座させて。……お前と結婚するのはそれからだな」

「私と結婚することは決定事項なんですか？」

「うん」

「……」

「ま、もし嫌だったらその時に断ってくれたらいいよ。俺は月のことを世界で一番大切だと思っているけど、人生を強制する気はないし」

「今のままいけば承諾すると思います」

「今のままいけば？」

「今後瑠璃さんが無茶をしすぎて死んだりしたら、絶対にＯＫなんて出しませんから」

「安心しろ。俺は死なない」

「それがわかっていても、瑠璃さんの生き方は怖いんですよ」

「だったら月が後ろから支えてくれないか？」

「え……」

「だから、これからもずっとそばにいてくれ」

「……あれ？　まさか私今、プロポーズされてます？」

「いや、まだしてない」

「なんかセリフがめちゃくちゃそれっぽいんですけど」

「そういうのはダンジョンを創ったやつに会ったあとって言っただろ？」

「だったら紛らわしいこと言わないでくださいよ」

「……そういえば、最近ずっと疑問に思っていたことがあるんだけど」

「何事もなかったかのように話を変えましたね。……疑問ですか？」

「ああ。気になって眠たくても寝れないことがあるくらいだ」

「あの瑠璃さんがそこまでなるって、相当ですね。どうしたんです？」

「結婚式を挙げて何日くらい経ったら、子どもを授かることができるんだろうな」

「……はい？」

「コウノトリだってずっと人間全員を監視しているわけじゃないだろ」

「……」

「三日くらいかな？」

「…………知りません」

「まあそうだよな。月だってまだ結婚したことないんだし、わかるわけないか」

「……」

彼女は本当のことを教えるべきかどうか悩んでいた。

だけど言うのは恥ずかしいし、そもそもどう説明していいかもわからない。

「ま、結婚してからでいいですよね」

月は小さくそうつぶやいた。

「何が結婚してからなんだ？」

「なんでもないです」

それから30分ほど添い寝をして二人とも気が済んだらしく、ダンジョン攻略を再開する。

土の壁を壊してもうひとつの分かれ道へと合流し、五分ほど走り続けていると階段を発見した。

「この階層は結構楽だったな」

「そうですか？　なんか体感時間が異常に長く感じたんですけど」

「ベッドの罠にかかったり、添い寝したり、いろいろとあったからな」

「ですね」

そんな会話をしつつ、階段を下りていった。

Chapter 3-5

第34階層。

「これは……初めてのギミックだな」

「やばくないですか？」

二人の目の前には細い通路が真っすぐ伸びており、道中で複数の振り子のギロチンが左右に揺れている。

通路以外の部分は全て床がなく、どこまで下に続いているのかわからない。真っ暗なのだ。

「あれにぶつかったら面白そうだな」

「マジでそういうことを考えるのはやめましょう。ろくなことにならないんで」

「だって鉄の刃だろ？　いくら見た目が怖くても俺なら余裕だろ」

「見届けるのが嫌なので、本当にやめてください」

「えー。勝負したかったのに」

「勝負をするなら、せめて魔物にしましょう」

「そういえばパッと見、魔物が一体もいないな」

月は周囲を見渡しつつ返答する。

「そう……ですね」

「ギロチンはたくさんあるけど」

このスタート地点から見える限り、30は超えているだろう。

通路の真上を中心とし、ずっと振り子のように揺れている。

「さすがに多すぎません？」

「これくらいあったらひとつくらいぶつかりそうだな」

「嬉しそうに言わないでください」

「……で、どっちが先頭を行く？」

「瑠璃さんどうぞ」

「了解」

軽く返答し、瑠璃はゆっくりと歩き始めた。

通路の幅は60センチほどでかなり細いため、少しでも気を抜けばすぐに落ちてしまいそうだ。

「あのー。絶対おならとかしないでくださいよ？」

彼の後ろをついて行きながら、月が言った。

「俺は出そうになったら出すぞ？　生理現象を我慢すると身体によくないし、そもそも気を遣わないと一緒にいられないような相手を選んだおぼえはない」

「確かに私も気を遣わずに自然体でいられるような相手と一緒にいたいですけど、状況が状況じゃないですか。……もしおならをされたら臭《にお》いが全部後ろにくるんですよ」

「けど、おならが臭《くさ》いっていうのは固定観念でしかないよな」

「おならが臭《くさ》いのはただの事実なんですよ」

「月が振ってきた変な会話をしているうちに、ひとつ目のギロチンにたどり着いたぞ」

そう言って瑠璃は立ち止まる。

「いいこと思いつきました。瑠璃さんが殴って壊してくださいよ」

「よく俺の考えていることがわかったな。最初からそうするつもりだったぞ」

「殴るタイミングを間違えて腕が吹き飛ぶみたいな展開は本当にやめてくださいね？」

「誰に言っている。仮にミスって当たったとしても、金属の刃物程度で俺の腕が吹き飛ぶと思うか？」

「逆に傷を負わない想像がつかないんですよ。めちゃくちゃ不安です」

「そこまで言うなら試してやる」

瑠璃はギロチンのすぐ目の前まで移動し、タイミングを合わせて腕を突き出した。

「えっ、ちょ。瑠璃さん!?」

重くて切れ味のよさそうな刃が瑠璃の腕に向かって下りてくる。

「かかってこい」

瑠璃は顔をにやつかせた。

今更だが、彼はやはりどこかが壊れているのだろう。

普通の人間はたとえ自信があったとしても、決してこんなことをやろうとは思わない。

「きゃっ!?」

刃が接触する直前、月は思わず目を閉じた。


それから五秒ほど沈黙が続き、瑠璃が後ろを向いて口を開く。

「な？　大丈夫だったろ……って、見てないじゃん」

「見るわけないでしょ。というか大丈夫だったんですか？」

月はゆっくりと目を開き、彼の背中越しに様子を確認する。

ギロチンの刃が腕に当たって止まっていた。

全く食い込んですらいない。

皮膚の表面で止まっている。

「にしても久しぶりにちょっと緊張したな。もしかすると切れるかもしれないと思って不安だったぞ」

「じゃあやらないでくださいよ！　頭おかしいんですか⁉」

「うん、自分で言うけど絶対おかしいと思う」

「知ってます」

「なんにせよ俺にダメージを与えられないことがわかったし、もう興味がなくなった。消えろ」

瑠璃が軽く蹴飛ばすと、ギロチンは正面に向かって吹き飛んでいった。

それにより、ちょうど真っすぐのタイミングにいたギロチンたちがいくつか巻き添えになっていく。

「いつも言ってますけど、本当にめちゃくちゃですね」

「次は床の底に何があるのか気になるな」

「……まさかとは思いますけど」

「ちょっと行ってくる」

瑠璃はわざと真っ暗な底に向かって飛び降りた。

「ちょっと⁉　……はぁ。本当に仕方のない人ですね。絶対病気ですよ」

そうつぶやいた時だった。

「「キィーキィー！」」

天井に潜んでいた大量のこうもりが、月の元に接近し始めた。

「強そうな瑠璃さんがいなくなったからチャンスだと思ったんですか？　言っておきますけど私も強いですよ？」

月は近づいてくるこうもりを片っ端から高速パンチで仕留めていく。

「なんせ瑠璃さんの女ですから」

レベルアップの音が彼女の頭上から何度も響いていく。

「このこうもりたち。めちゃくちゃ経験値持ってますね」


その後月は、大量のこうもりを全滅させた。

しかし、レベルアップの音がさっきから鳴りやまない。

「まさか……」

そうつぶやいて彼女は下を見つめる。

真っ暗で何も見えない。

「さっきのレベルアップはこうもりの経験値じゃなかったみたいですね。そもそもびっくりするくらい弱かったですし」

だから瑠璃が強敵を倒しまくっているのだろうと判断する。

「下の様子が気になりますけど……怖くて下りられません。間違って瑠璃さんに攻撃されても嫌ですし」

さすがに月は真っ暗な部分に向かって飛び降りようとは思えなかった。

ゆえに先へ進み、あとから彼が通りやすいようにギロチンの刃を全て破壊しておこうと決めた。

「瑠璃さんといると甘えてばかりですが、私だって少しは役に立ちたいですから」

数分後。

「……遅いですね」

月が全てのギロチンをパンチで破壊し、もうすでに通路の一番奥までたどり着いているにもかかわらず、瑠璃はまだ上がってこない。

レベルアップの音が鳴りやまないため、やられてはいない。

逆に魔物を殺し続けているのだろう。

「ま、もう少ししたら上がってくるでしょう」

月はそうつぶやいてその場に座った。

真っ暗で何も見えない状況のなか、瑠璃はただひたすら周囲を攻撃し続けていた。

「視界が悪すぎて敵の正体が見えないけど、俺はこの世界で最強だ。負けるはずがない」

何かを殴るたびにレベルアップの音が響く。

「レベルが上がるということは、かなりの経験値を持っている強敵なんだろうな」

夢の国で遊んでいると言わんばかりに、瑠璃は楽しそうな表情を浮かべている。

実際彼の周囲にいるのは、虫系の気持ち悪い魔物ばかりなのだが。

瑠璃に虫の耐性があるのかどうかはわからないが、知らなくていいというのはまさにこのことだろう。


体中からトゲが生えているワーム。

斑点模様の蜘蛛。

触角が数千本生えているゴキブリ。

紫色の禍々しいムカデなど。

それら全てが巨大で、ガサガサと動き続けている。

彼らは上の通路から落ちてくる冒険者を待っていたのであって、決して戦闘狂の化け物なんて望んではいなかった。

少しして。


レベルアップの音が聞こえなくなったかと思えば、瑠璃が通路へと上がってきた。

彼はすぐに月の元へと移動し、口を開く。

「通路のギロチン、全部月が壊したのか？　すげぇじゃん」

「ありがとうございます……じゃなくて瑠璃さん、底で何してるんですか？　体全身が緑色の液体まみれですけど」

瑠璃は大量の虫の血液を浴びていた。

布の服にも染み込んでおり、まるで最初から緑色の服だったかのように見える。

「多分魔物を倒している」

「……多分？」

「暗くて周りが見えないんだよ。でも雰囲気からして大量の魔物がいるから、とりあえず暴れて殺しまくっていた」

「めちゃくちゃですね。そんなことだろうとは思ってましたけど」

「それで結構経験値がおいしいし、通路の反対側の底にも行きたいんだけど、もう少し待っててもらっていい？」

「まあ……私もレベルが上がるのは嬉しいので、いいですよ」

月が呆れたように返答した。

「ありがとう、行ってくる」


数分後。

「気が済みましたか？」

更に液体まみれになった瑠璃に向かって、彼女が尋ねた。

「戦い足りないけど、もう全部いなくなったみたいだし。仕方なく帰ってきた」

「そうですか。じゃ、先に進みましょう」

「あ、ちょっと待って。衣服がベトベトだから着替えたい」

そう言うなり、瑠璃は服を脱いでいく。

「わかりました。……って、えぇ!?　なんで躊躇《ちゅうちょ》なく下まで全部脱ぐんですか」

月はすぐに後ろを向いた。

「月って出会った頃からずっとそれ気にしてるよな。別に見られて恥ずかしいものでもないし、俺って結構いい身体してるだろ？」

「いえ、一般常識ですから！　……確かに瑠璃さんはスリムでかっこいいですけど、その、せめて下は見せないでもらえます？　恥ずかしいので」

「下？　……あぁ、ち〇このことか！」

「直接言わないでください」

「十年近く一緒にいてまだそんなの気にしているのか？」

「逆に瑠璃さんは私の胸とか身体を見て、なんとも思わないんです？」

そう言われて瑠璃は目を閉じる。

それから数秒後、急に顔を赤くし始めた。

「…………な、な、なんとも思わないなぁ」

「その言い方からして、めちゃくちゃ恥ずかしがっているじゃないですか。私もそれと同じ気持ちなんですよ」

「なるほど。理由はよくわからないけど、異性の裸を見ると恥ずかしいんだな」

「そんなことも知らなかったとは。……本当に瑠璃さんって今までどんな生活を送ってきたんですか？」

「どんな生活と言われても……普通だと思うけど」

「普通に過ごしていたら同級生の女子とかに恋したりするものじゃないです？」

「それが不思議と興味がわかなかったんだよ。いつも言っているけど、人を好きになるって感覚を初めて知ったのは、月と出会ってからだし」

「そ、そうですか」

「とはいっても、月の裸を見たことは一度もないような気がするな」

「まあ、見られないように意識して行動してましたから」

「知らなかった。……あ、着替え終わったからもう行けるぞ」

瑠璃は液体まみれの布の服とズボンを底へと投げ捨てた。

「はい。先に進みましょう」

二人は階段を下りて次の階層へと進んでいく。

Chapter 3-6

第35階層。


「どう見ても……学校だよな？」

「はい。どこからどう見ても学校ですね」

二人は下駄箱の近くにいた。

掲示板に【校則は守るべし】と表示された紙が貼られている。

「そろそろ地面を壊して進んでみるぞ？　もしかすると下の階層に繋がっているかもしれないし」

「えー。ちょっとだけ見て回りませんか？　どんな風に造られているのか興味があります」

「……まあ、確かにそう言われたら気になるけどさ。学校っていろいろと頭使いそうじゃん」

「大丈夫ですよ。私頭いいですから」

「いや、絶対に俺のほうが優秀だろ。前回の謎解きも全部俺が解いたし」

「あれはたまたまです」

「なんにしろ、ちょっと歩いてみるか」

「はい」

そんなやり取りをし、瑠璃と月は学校の探索を始める。

最初に土足で廊下を歩き出したその瞬間、二人の目の前に化け物が出現した。

二メートルくらいある人型の魔物。

青い肌で、顔面にバツの形の傷がついている。

すごい速度で接近してきたというわけではなく、突然現れたのだ。

「土足厳禁《どそくげんきん》。ルールを破った者には罰を――」

そう言いながら月に向かって殴りかかる。

「おい！　何俺の女に手を出そうとしてんだ、こら」

瑠璃が横から蹴り飛ばしたことにより、相手は吹き飛んで壁にぶつかった。

そしてそのまま床へと倒れて動かなくなる。

レベルアップの音が響いた。

「えっと、どうやら校則を破ると魔物が出現するみたいですね。……そういえば、掲示板にも【校則は守るべし】って書かれていましたし」

「……………？」

瑠璃は無言で自分の足を見つめる。

「ん？　どうしたんですか？」

「わりと力を入れて蹴ったはずなのに、破裂しなかった」

その言葉を聞き、月は倒れている人型の死体を見つめる。

「本当ですね。血も一切出ていません」

「レベルアップの音が聞こえたから一応倒せてはいるんだろうけど、あいつ結構硬かったぞ」

「それはどのくらいです？　白竜以上でしたか？」

「白竜どころか、それよりも強いカラフルな竜以上の防御力だった」

「えっ、それって普通にやばいと思います」

「ああ。弱そうな見た目だから、余計にギャップを感じてびっくりしたんだよ」

「……なるほど、要するに――」

「――校則を破ってしまった場合、普通では到底倒せないような強敵が出てくるってことか」

「なんで先に言うんですか」

「だって俺のほうが先に気づいたし」

「いやいや今回に関しては１００パーセント私ですって」

「とにかくだ！　たくさん校則を破るように努力していこう」

「話のそらし方が雑ですし、瑠璃さんなら絶対そう言うと思ってました」

「いい経験値稼ぎになりそうだからな」

「でも、校則って具体的に何を指しているんでしょうね？　さっきは土足で廊下に上がったからだと思いますけど」

「う～ん。……ま、適当に悪いことをしていたら出てくるんじゃね？」

「それが一番手っ取り早そうですね」

その後瑠璃と月は、無人の学校でひたすら悪いと思われる行為を繰り返していった。

廊下を走ってみたり。

教室の窓ガラスを割ってみたり。

机の上で寝転がってみたり。

それぞれ男女別のトイレに入ってみたり。

学校の壁を破壊したり。

とにかくちょっとしたことでも青い人型の魔物は出現するため、そのたびに瑠璃が瞬殺していった。

「もう悪いことが思いつかないし、そろそろ地面を掘って先に進むか」

玄関へと戻ってきた瑠璃が、つぶやいた。

「一応階段を探していたんですけど、全然見つからなかったですね」

「マジでどこにもなかったな。……俺たちには関係ないけど」

「まあ、はい。階段を下りても地面に穴を開けても一緒ですから。それにしても、結構楽しかったです」

「月もか？」

彼女は頷いた。

「学校って厳しいイメージがあったので、こうして自分から進んで悪いことをするのはドキドキしました」

「外の世界の学校では、絶対に今日みたいなことできないよな」

「退学どころか、確実に警察がきますよ」

「でもここはダンジョンのなかだからそんなの関係ないし。とにかくいい経験ができた」

「はい」

「じゃ、床をぶん殴って穴を開けるから、ちょっと離れていてくれ」

「もし真下に次の階層がなかった場合、この階層で階段を探すんですか？」

ファーストステージとセカンドステージは基本的に真っすぐ下へ伸びていたのだが、サードステージの階層の位置はずっと不規則だった。

東京に似た巨大な街の下に地下大国があったかと思えば、謎解きのような小さな部屋があったり。

「いや、今回はしばらく掘り続けてみようと思う。仮にひとつ下にたどり着かなくても、二つ下や三つ下の階層がこの真下にあるかもしれないし」

「あー、なるほど」

「とりあえずどこかの階層にたどり着いたら呼ぶから、そしたら下りてきてくれ」

「わかりましたけど、全然次の階層がないと思った場合、戻ってこられなくなる前に帰ってきてくださいよ？」

「どんなに掘り進めていようと、連続で壁キックをすれば余裕で登れるだろ」

「映画とかだとそういうことを言う人って大抵死ぬんです」

「ま、肝に銘じておくよ。月をこんなところで一人ぼっちにさせたくないし」

「お願いしますね？」

「任せろ。すぅぅぅ…………おらぁぁぁ！」

瑠璃は思いっきり息を吸い、連続で地面を殴り始めた。

すると、やはり青い肌の魔物が現れる。

「器物破損厳禁《きぶつはそんげんきん》。ルールを破った者には罰を――」

「――瑠璃さんの邪魔しないでください！」

月が相手の顔面にパンチを入れた。

「逆らう者は容赦なく排除！」

人型の魔物は怯むことなく月を戦闘対象とみなして飛びかかる。

「私に歯向かったら痛い目を見ますよ？」

彼女は瑠璃と同じような笑みを浮かべつつ、ボディーや顔面に連続で攻撃していく。

「グゥゥゥ！」

相手が放った強力なパンチをギリギリで躱し、顎に全力のカウンターを入れた。

すると人型の魔物はその場に倒れ、動かなくなる。

レベルアップの音が響いた。

「ふぅ……。瑠璃さんのように一撃では無理でしたけど、余裕で勝てましたね」

「さんきゅー月！」

穴の下からそんな声が聞こえてきた。

「いえいえ、私にかかれば余裕ですよぉー」

「ちなみに俺のほうが楽に殺せるからなー？」

「男のくせに細かいところで張り合わないでください」

「月ー。今、俺の姿が見えてるか？」

彼女は穴から少し離れた位置で答える。

「いえ、上に飛んでくる土がひどくて見えません。覗いたら目に砂が入って失明しそうですー！」

「まあ俺も目を閉じて殴っているからな。……全然次の階層にたどり着かないから、月に真っすぐ掘れているのかどうかを確認してもらおうと思ったんだが」

「無理ですね」

「って、おい！」

「急になんですかー？」

「掘りながら会話をしたせいで口のなかが土だらけになったじゃねぇか！」

「知りませんよ⁉　そっちから話を振ってきたんでしょ」

「月が会話を弾ませるのが悪い！」

「口に土が入るなら、喋るのをやめたらどうです？」

「そうやって逃げる気だな？」

「私は続けてもいいですけどぉー？　別に困りませんし」

「……」

「……？」

返答が聞こえなくなり、月は首を傾げる。

「……」

「……瑠璃さぁーん？」

「…………おりてこーい」

微かに瑠璃の声が聞こえた。

そこで彼女は、土が飛んでこなくなったというのもあり、次の階層へと繋がったのだろうと理解した。

「わかりましたー！」

そう返答し、月は穴に飛び込む。


少しして。

穴を抜けたかと思えば、突然視界の先に異様な光景が広がる。

「えっ……」

そこは、見える限り全てが街のような森だった。

大木《たいぼく》をくり抜いて造ったような家。

巨大なきのこの形の建物。

遠くにある大きな山へと続いている一本の階段。

なかでも一番の特徴は、複数の魔女たちがほうきに跨《また》がって空を飛んでいるということ。

一言で表すならば、ここは魔女の森。

かなり階層が飛んで第60階層に位置する場所だ。

「なんですか、ここ!?」

彼女は瑠璃の横に着地しつつ、驚きの声を上げた。

「俺も知らん。魔女の森って感じの場所じゃないか？」

「知らないと言いつつ、的確な答えを言うんですね」

「……ん？　なんか一人の魔女がこっちに向かってきてないか？」

瑠璃が指さした先には、ほうきに乗って近づいてきている魔女の姿。

黒いとんがり帽子とローブを着用している。

大してスピードは出ていない。

「瑠璃さん。いきなり攻撃するのだけはやめましょう。人間っぽい見た目ですし、敵じゃないかもしれません」

「俺が心のない殺人鬼みたいな言い方をするな。世界一優しい男だぞ」

「見え透いた嘘はさておき、わかっているならいいです」

二人は戦闘態勢に入ることなく、彼女の到着を待つ。

「お前たちは冒険者か？」

やがて近くまでやってきた魔女が空中で静止し、瑠璃と月を交互に見ながら尋ねた。

「おう」

「はい。冒険者です」

「そうか、久しぶりに新しい冒険者に会ったな。とにかく魔女の森へようこそ」

「「？」」

歓迎されるという予想外の対応に、瑠璃と月は顔を見合わせた。

「私たち魔女は敵対行動を取らない者には温厚な態度を取る。だがしかし！　害になると判断した場合、全勢力を以ってお前たちを潰しにかかるだろう。それを理解したうえでゆっくりとしていってくれ」

そう言うなり、魔女はどこかへと飛んでいった。

「はぁ……ここダンジョンか？」

瑠璃がため息を吐きつつ言った。

「なんでそんなに残念そうなんですか!?」

「だって見た感じ安全地帯じゃん」

「私はそれがすごく嬉しいですけど」

「俺はもっと戦いたいんだよ。……あ、いいこと思いついた」

「お願いします。それだけはやめてください」

「いやまだ何も言ってないだろ」

「今日一日かなり頑張りましたし、宿を見つけて久しぶりにぐっすりと寝ましょう」

「わざと悪いこと――」

「――本当にやめてください。言わなくても瑠璃さんの考えはわかりますから」

月の推察通り、彼はわざと魔女を怒らせて全勢力と戦おうとしていた。

ダンジョンで初めての安全かもしれない場所を見つけたにもかかわらず、この考え方。

まさに生粋の戦闘狂である。

「えぇ……」

「本当に戦うことしか頭にありませんね」

「だってあいつら経験値たくさん持ってそうじゃん」

「そういうことを言うのもやめましょう！　聞かれたらやばいですって」

「ま、仕方ない。月の言う通りとりあえずは大人しくしておくか」

「ありがとうございます」

「でも次の階層へ進む前には、やっちゃっていいんだろ？」

「……その時次第ですね」

月は曖昧に濁しておく。

「あ、それと。もし魔女が妙な真似をしてきても、逆に全俺勢力がこの魔女の森を潰しにかかるから、月は羽を伸ばしておいていいぞ」

「急にどうしたんですか？」

「いや、あいつらが言葉通り何もしないとは限らないだろ」

「それは私も思いましたけど、いいんですか？　羽を伸ばしても」

「月はいつも頑張ってくれているし、たまには気分転換も必要だと思って」

「でも、どちらかといえば瑠璃さんのほうが身体を酷使しているわけですから、なんか申しわけないような……」

「気にすんな。俺は羽を伸ばしながら周囲を警戒できるし」

「それ、絶対休めてないですよね」

「なんなら警戒が休憩まである」

「言っている意味が全くわかりません」

「そんなわけだから月は休め」

「もう……仕方ないですね」

そう言いつつも、どこか嬉しそうな様子の月。

「というわけで、魔女の森とやらを散歩しよう」

「はい」

二人は街のような森のなかを歩き出した。

左右には植物のような建物が建ち並び、魔女たちが瑠璃と月の姿を見てひそひそ話をしている。

「そもそもなんでダンジョンにこんなところがあるんだろうな」

「ふへぇ～？」

「普通は魔物とかがたくさんいるものじゃないか？」

「そぉですねぇ～」

「というか魔女たちの様子を見る限り、歓迎されているのか不審がられているのかよくわからないな」

「ふぁ～い」

「おい！　さすがに羽を伸ばしすぎだろ。完全に別人じゃねぇか！」

「だって瑠璃ふぁんが羽を伸ばせって言ったんですよ？」

「誰が瑠璃ふぁんだ、こら。楽をするなとまでは言わないから、せめて話し方くらいはきちんとしてくれ。かなり鬱陶しい」

「わかりました。……でも私が思うに、魔女たちに敵対心はないと思います」

「俺もそんな気はするな。魔物が放ってくるような殺気とかは一切感じないし。隠し事をしているようにも見えない」

「さすが瑠璃さん。同じ結論に至ってますね」

「おう」

「……あっ！　私あれが食べたいです」

そう言って月が指さした先には、串焼きの屋台があった。

とんがり帽子とローブを着ている小太りのおばさんが、炭の上で串を軽快に回しながらタレを塗っている。

非常に香ばしい香りが漂ってきた。

「俺も食べたい」

「さっそく行きましょう」

二人はすぐさま屋台の前へ駆け寄った。

「おや冒険者とは珍しいね。串焼きを買っていくかい？」

「俺はとりあえず二本」

「私は一本お願いします」

「了解。じゃあそれに見合うだけの物をもらおうか」

「物？」

「この魔女の国では、物々交換で欲しいものを手に入れるルールなのさ。あんたら冒険者が持っているお金をもらったところで、ダンジョンのなかにいる私たちには何の得もないからね」

「こんなダンジョンの奥深くで買える串焼きと交換っていったら、金塊十個とかでいいのか？」

どんな計算をしたのか、瑠璃がなんか言い出した。

「いやいや、金塊十個って。さすがにそこまでもらうわけにはいかないよ。あたしはぼったくりやら不当な商売が大嫌いでね。……そんな量の金塊があるなら、魔女王様の元へ持っていけばものすごいレアアイテムと交換してくれるかもしれないよ。あの御方は本当に金《きん》が大好きだからね」

「へぇ、魔女王とやらがレアアイテムを持っているのか。自分から串焼きの価値を落としたり重要な情報をくれたり、あんたいいやつだな。じゃあ金塊一個でどうだ？」

「瑠璃さん！　この人の話聞いてました？　串焼きと金塊が同等なはずないでしょう」

月がツッコんだ。

「いやでもここ、外の世界からかなり遠いぞ？　串焼き用の肉を輸入しようと思ったら、ものすごく値段が高くなると思わないか？」

「何言ってるんですか!?　肉ならダンジョンのなかでいくらでも取れますよ」

「ん？　……あ、そっか。魔物の肉って丸一日くらい消えないもんな」

「今気づいたんですか？」

「悪い、なんか空回りしてた。……じゃあおばさんは何か欲しい物あるか？　正直魔女の森の物価とか知らないし」

瑠璃が尋ねると、おばさんは少し悩むようにしつつ返答。

「そうだねぇ……。狼の毛皮があったらいくつかもらおうか」

「あー、それなら確かアイテムボックスのなかにたくさんあったような気がする。狼を倒すとよくドロップしてたし」

瑠璃はメニュー画面からアイテムボックスを開き、狼の毛皮を探していく。

「私も結構持ってますよ」

「あ、これか。狼の毛皮なら……98万個くらいあるぞ」

「…………はい!?　長いこと瑠璃さんと一緒にいた私でも五万個とかですよ？　どんだけ集めているんですか」

月が眉間にしわを寄せた。

「多分セカンドステージの第一階層でレベル上げをし続けていた時に貯まったんだろうな」

「瑠璃さんって改めて規格外ですよね」

「そんなの今更だろ。……で、おばさん。どうせ俺いらないし、よければ半分くらい分けようか？」

「馬鹿言っちゃいけない。そんなの邪魔でしょうがないよ。五つくらいがちょうどいいんだ」

「おばさんがそう言うなら」

瑠璃はアイテムボックスから狼の毛皮を五つ取り出し、おばさんに手渡した。

「ありがとさん。じゃあ焼けるまでもう少し待ってな」

「了解。……それにしても、ドロップ品の毛皮なんて初めて見たな」

「私は天神ノ峰団として活動していた時に見たことはありましたけど、瑠璃さんと出会ってからはそもそもアイテムボックスを使う機会が減りました」

「俺もトイレの紙の代用として薬草を取り出す時くらいにしか使うことがない」

「ちなみに、冒険者ギルドでドロップ品を売ればお金になるんですけど、さすがに98万個は受け取ってもらえないと思います。需要と供給の問題とかありますし」

「だろうな」

「でも瑠璃さんってそもそもお金を使用することがないですよね」

「まあ、食事は魔物の血と肉があるし、衣服も魔物のドロップ品でなんとかなるうえに、そもそも着なくても困らないし」

「アイテムボックスには魔物のドロップ品や宝箱などから入手したアイテム以外が収納できないので、一度外へ出て必要な物を買い込んでから、ダンジョンの攻略に戻るのが普通なんですけど……」

「俺は最初から何も持たずにダンジョンへ入ったからな」

「瑠璃さん。……本当に今までよく生き延びましたよね」

「ほらあんたたち、お待たせ！　二本と、一本ね」

瑠璃と月の会話の途中で、おばさんが言った。

「おっ、ありがと」

「ありがとうございます」

「熱いから、やけどに気をつけるんだよ」

「……熱っ!?」

瑠璃が大声を上げた。

「ほら言わんこっちゃない」

「瑠璃さん。串焼きは逃げないので落ち着いてください」

「わかってるって。何十年も熱い物を食べていなかったせいで、大して熱くもないのに身体が変な拒否反応を起こした」

「何を言っているのかよくわかりません。……あっ、これめちゃくちゃおいしいです！ タレが香ばしくて、塩胡椒が絶妙に効いていて、とにかく最高ですよ」

瑠璃ほどではないが、月も調理された物を食べるのは久しぶりだった。

そのため普通の串焼きなのにもかかわらず、驚くほど美味に感じていた。

「そう言ってもらえると作った甲斐があるよ」

おばさんが嬉しそうに頷いた。

「ふぅ……ふぅ……、はむっ」

瑠璃はしっかりと息で冷まし、一口かじった。

無言でゆっくりと咀嚼《そしゃく》していく。

「どうですか？　瑠璃さん」

「どうだい？　あたし特製のタレの味は最高だろう」

「……」

瑠璃は反応することなく、次々と食べ進めていく。

「……あれ？　聞こえてますか？」

「……」

そのまま二本目に突入した。

「えっ、瑠璃さん!?」

「……」

気づくと、瑠璃は静かに涙を流していた。

「いきなりどうしたんですか？」

「……うまい」

そう言って彼は鼻をすする。

人生の半分くらい魔物の死体を食べ続けていたため、もう調理された食べ物の味なんて忘れかけていた。

そんな時にこの串焼きを食べて、おいしさと懐かしさが混ざり合い、琴線に触れたのである。

「あんた、それはさすがに大げさだろう」

そんなおばさんの言葉に、瑠璃は首を左右に振る。

「……こんなにおいしい物は初めて食べた」

「そうかい。それはよかった」

「正直、瑠璃さんに人間らしい感情があったことにびっくりしてます」

月が言った。

「失礼なやつだな」

「あ、泣いているところ申しわけないんですけど、そろそろ行きませんか？　もっと街中を見たいですし。歩きながら食べましょう」

「……ああ」

そうして二人が歩き出そうとした瞬間、おばさんが小さい声で話しかける。

「………ちょっと待ちな」

「はい？　なんでしょうか」

「さっきあたしが言ったことをおぼえているかい？」

「というと……魔女王がレアアイテムを持っていることについてですか？」

「……それなんだが、山の頂上にある魔女王様の屋敷へは絶対に行ってはならないよ」

「えっ？　どういうことです？」

「実は、あの御方は冒険者から金目の物をありったけ奪い取って、レアアイテムを渡すことなく殺すんだ」

「!?」

「確か半年前にも冒険者が二人殺されているんだよ」

「なぜそんなことを俺たちに教える？」

瑠璃が怪訝そうに尋ねた。

「本来ならあたしたち魔女は、温厚な態度で冒険者に接し、魔女王様のいる屋敷へと向かうように誘導しろと命令されている。だけど、あたしの串焼きをここまで喜んでくれたあんたたちを売るような真似はできないよ。だから絶対に行くのはやめておくれ」

「あんた、やっぱりいいやつだな」

「そういえば。半年前に殺された冒険者の仲間が一人、この森のどこかへ隠れ住んでいるって噂だけど、どこにいるんだろうねぇ。……あの子も無事だといいんだけど」

「そんなやつのことはどうでもいい。よし、月。とっとと行くぞ」

そう言いつつ串焼きの肉を食べ進める瑠璃。

「大体予想できますけど、どこに行くんですか？」

「決まってるだろ。……あの山の頂上にある魔女王とやらの屋敷」

「やっぱりそうですよね」

「ちょっと話を聞いていたのかい!?　あの御方は本当にやばいんだよ。強さのレベルがまるで違う。ここまでたどり着くことのできた冒険者たちが、まるで赤子の手を捻るかのように殺されるんだ」

「へぇ、だったらなおさら楽しみになってきたな。その悪党みたいなやつを殺してレアアイテムを奪い取ってやるか」

「どっちが悪人かわかりませんね。でもそのレアアイテムには確かに興味があります。行きましょう」

「な、なんで二人ともそんなに嬉しそうなんだい!?」

おばさんは意味がわからないといった表情で尋ねた。

「だって俺強いから」

「だって瑠璃さん、強いですから」

瑠璃と月が同時に言った。

おばさんは首を横に振る。

「あんたらがいくら強いとは言っても、所詮は人間。敵《かな》うはずがないんだよ」

「そんなのはやってみたらわかる。この世は結果が全てだ」

「あの。どちらかと言うと、魔女王さんを心配したほうがいいと思います」

月がつぶやいた。

「何を言っているんだい？」

「瑠璃さんは本当にやばいですから」

「そこまで言うなら止めはしないけど、あたしは知らないからね」

「はい、それで充分です。忠告ありがとうございました」

「じゃあな、おばさん！」

「……気をつけるんだよ」

小さくつぶやいて、おばさんは仕事に戻る。

彼女は魔女王の恐ろしさを知っていた。

だから瑠璃と月を止めたのだ。

「あの御方に歯向かえばどうなるのか。想像もつかないよ」

そうして見られるのが最後かもしれない二人の背中を視界に入れようと顔を上げると、もうそこには誰もいなかった。

「いつの間に」

Chapter 3-7

瑠璃と月は大通りを走り抜けて長い階段を上っていく。

かなりのスピードで移動したため、さほど時間がかかることなく屋敷の前に到着した。

「なんだここ」

金や宝石などで埋め尽くされた壁。

金一色の扉。

オリハルコンの像が庭にいくつも飾られている。

「なんというか、ものすごく悪趣味ですね」

「ああ。俺だったら絶対住みたくない」

「同感です」

「おい！　お前ら見かけない顔だな。魔女王様の館になんの用だ？」

門番らしき一人の魔女が、二人を睨みながら問いかけた。

「えっと、魔女王様がレアアイテムを持っているという噂を聞いて、私たちの持っているお宝と引き換えに交換していただこうかと……」

なるべく楽に建物のなかへ入ろうと思い、月がそう言った。

「そうか。森に住んでいる魔女たちからその話を聞いて、物々交換をしにきたということだな？」

「はい、その通り――」

「――いや違うぞ。物々交換じゃなく、俺たちが一方的に奪いにきた」

瑠璃が余計なことを言い出した。

「おい、それはどういうことだ!?」

「ちょっと瑠璃さん!?　せっかく穏便になかへ入れそうだったのに、どうして騒ぎを起こそうとするんですか」

「なんかめんどいじゃん」

「騒ぎが起こったほうが面倒ですって」

「なるほどよくわかった。どうやら死にたいらしいな。――咲き誇れ、発煙花火《フーミングファイアワークス》！」

魔女が手を上に向けてそう叫んだ直後、空に巨大な花火が咲いた。

真っ赤な火花が広がり、煙が空を覆い尽くす。

「うわぁ……。綺麗だな」

「ふんっ、のんきにしていられるのも今のうちだ。今この森に住む魔女たち全員に集合をかけた。これより全勢力を以ってお前らを潰す」

「じゃあこっちは、全俺勢力を以って魔女王に会いに行く。月、ちょっとお姫様抱っこするぞ」

「えっ、あ……はい」

その瞬間瑠璃と月の姿が消え、金でできた扉が破壊されていた。

「なっ、いつの間に!?」

一瞬うろたえるも、すぐに館へ侵入されたと判断し、魔女は二人を追いかけ始める。

なかには絶対的な存在である魔女王がいるため、怪しい者を通すわけにはいかなかった。

なのに侵入を許してしまったからだろう。

魔女の表情には焦りが感じられる。


一方瑠璃と月は、広い屋敷のなかを真っすぐ突き抜けて、一番奥のオリハルコンの扉を蹴り飛ばした。

するとそこに広がっていたのは、全てが金ぴかの部屋。

金色の天井、壁、床。

中央にある黄金の椅子に向かって真っすぐ敷かれている金のカーペット。

「悪趣味にもほどがあるだろ」

瑠璃の口から真っ先に出た感想がそれだった。

「お前たち、何者だ？」

黄金の椅子に座っている魔女王らしき者が、瑠璃と月に問いかけた。

比較的若い見た目で、侵入者を前にしているにもかかわらず、非常に落ち着いている。

肩の部分が露出している黒いドレスには金の薔薇《ばら》の刺繍《ししゅう》がいくつか施されており、とんがり帽子も黒と金の二色。

「何者って言われても……冒険者」

そう返答しつつ、瑠璃は魔女王に近づいていく。

「何をしにきた」

「魔女王とやらが持っているという噂のレアアイテムを奪いに」

「ほう。この私の前で随分と大きな態度を取るではないか」

「だって俺は自分が世界最強だと思っているからな」

「まあいい。とりあえずその不遜な態度には目を瞑《つむ》ってやろう。……さて、レアアイテムが欲しいのなら金目の物と交換だ。お前は私に何を差し出す？」

「……瑠璃さん。屋台の人の話おぼえてます？」

月がボソッと尋ねた。

「……ああ。あいつはレアアイテムを渡す気がないってことだろ？」

「そうです」

「俺はこう見えても記憶力がいいほうだからな。馬鹿にすんなよ？」

「ならよかったです。あ、あとそろそろ下ろしてもらえませんか？　魔女王さんからの視線が恥ずかしいんですけど」

お姫様抱っこをされた状態の月がつぶやいた。

「もうちょっと待ってろ」

「……わかりました」

「何を相談しているのだ？　ほら早く決めんか」

「あぁ、そうだな。金塊800個くらいでいいか？」

「き、金塊が800個だと？　……うふふ」

魔女王が突然不敵な笑みを浮かべ始めた。

「どうする？　別の物が欲しいなら何か他に探すけど」

「いや、それで充分だ。……だが、本当にそんなにも持っているのか？　もし嘘をついていた場合、お前たちはこの場で殺すが」

「嘘じゃないって。逆にあんたこそレアアイテムとやらを持っているんだろうな？」

「当たり前だ。……ほら、これを見ろ」

魔女王は自身の薬指についている指輪を見せつける。

「ありがと！　それじゃ俺たちはもう行く。お礼としてお前の命は取らないでおいてやるよ」

そう言い残し、瑠璃は月を抱っこしたまま天井を突き破ってどこかへと飛んでいった。

とそこで、

「魔女王様！　ご無事ですか⁉」

ようやく門番の魔女が到着した。

「……今まで何をしていた？　なぜあんな羽虫が私の屋敷に忍び込んでいたんだ？」

「も、申しわけございません……」

「ふっ、まあいい。壊された分の屋敷の金は、どうせあいつを捕まえれば手に入るだろう。なんせ金塊を800個も持っているらしいからな」

「先ほど魔女の森に住んでいる全員に集合をかけました。もう少しだけお待ちください」

「いいかい。必ず生け捕りにしてくるんだよ？」

「わかりました」

「それにしても、先ほどあいつはなぜ私にお礼など言ったのだろうか……」

魔女王はなんとなく自分の薬指に視線をやる。

「…………はぁ⁉」

そこには、あるはずの物がなかった。

「ど、どうされましたか？」

「あの指輪がないぃ！　あいつ、羽虫の分際でぃつ私から盗んだんだ!?」

「えぇ!?　あの世界にひとつしかないと言われている指輪が……ぬ、盗まれたんですか？」

「今すぐあいつを探し出すぞ!!」

「はいぃ！」

こうして魔女王を含めた魔女たちは、全勢力をあげて瑠璃と月を探し始めた。


瑠璃は月をお姫様抱っこした状態で、広大な森の上を飛んでいた。

正確に言えばジャンプを繰り返しているだけなのだが、圧倒的に空中の割合のほうが多い。

「瑠璃さん。一瞬にして指輪を盗むのはいいんですけど、私を抱っこしながらはやめてくださいよ。脳が揺れて気持ち悪くなりました」

「レベルが高いんだし大丈夫だと思っていたんだが、きつかったか？」

「無理ですね。やばすぎて、全然ぴったりなたとえが思いつかないですもん」

月の言葉はもっともだろう。

ジェットコースター。

新幹線。

ロケット。

わかりやすくて速いものが全て瑠璃には当てはまらない。

「それにしてもこの指輪ってどんな効果があるんだろうな」

手に握っている魔女王の指輪を思い浮かべつつ、瑠璃がそうつぶやく。

「今つけてみたらどうですか？　もしかしたら何かのステータスが上がるかもしれないですよ？」

「あーそうだな。……じゃあ中指に装着っと――っ!?」

器用に指輪をはめながら地面を蹴った瞬間、彼は今までよりもはるかに跳ぶことができた。

「ちょっと瑠璃さん!?　いきなり速度を出すのはやめてくださいって言ったばかりじゃないですか」

「いや、わざとじゃない。なんか突然力がみなぎってきたんだよ」

「……どういうことです？」

あまりの違和感に瑠璃は首を傾げる。

「あれ？　俺の身体ってこんなに軽かったっけ？」

「スピードが増えたってことですか？」

「う～ん、素早さだけというより……感覚的に全部が増えているような気がする。ちょっとどこかで全力のパンチを放ちたいな」

「よほどのことがない限りはやめときましょう。見ているこっちが怖いので」

「とりあえず力を試すために魔女を全滅させようかなと思ったけど……屋台のおばさんは巻き込みたくないな」

「あの人は優しかったですからね」

「あっ、そうだ。一度アイテムボックスにしまって説明欄を見てみるか。なんですぐに思いつかなかったんだろう」

そう言いつつ瑠璃は指輪を収納し、アイテムボックスの画面を開いていく。

「ながら操作は危ないですよ。……なんなら私を抱っこしている状態でもありますし」

「えっ……なんだこれ？」

「どうしたんですか……て、ええっ!?」

瑠璃が表示している画面を見た瞬間、月が大きな声を上げた。

それも無理はないだろう。

【覚醒の指輪
装備者の全ステータスを二倍にする】

「これはいいな」

「なんでそんなに冷静なんですか。もっと驚きましょうよ」

「正直すごすぎて驚きを通り越した」

「ここまでいくとただの神様じゃないですか」

「俺、マジで神様になれるかもしれないな。これを装備して本気を出せば、どこまで破壊できるのか想像もつかないぞ」

「ですね。もういっそのこと宇宙にある別の惑星でも侵略してみたらどうです？」

「あー、それ面白いかも。月お前いいこと言うじゃん」

「いや、冗談で言ったんですけど」

そうこうしているうちに、二人はこの階層の端にたどり着いた。

岩の壁を目の前にして彼はつぶやく。

「そういえば適当に移動していたけど、階段を探さないとな」

「指輪の効果がすごすぎて、正直それどころじゃないです……。瑠璃さんの場合はレベルが異次元なせいで元のステータスがやばいので、余計にです」

「まあな」

瑠璃は月を地面へと下ろしたあと、再び指輪を取り出して装備する。

「ちなみに今まで聞いたことなかったんですが、もうひとつの指輪の名前はなんていうんですか？」

「…………えっと、なんだったっけ？　ずいぶん前に一度見ただけだから、おぼえてないな」

「ステータスを上げるのが覚醒って言うくらいなので……経験値を二倍にするのは、無限とかでしょうか？」

「あ、そうそう！」

「えっ、合っているんですか？」

「いや全然違う」

「じゃあそんな反応しないでください」

「月に反応したんじゃなくて、指輪の名前を思い出したんだよ。破戒《はかい》だ」

「破壊？」

「壊れるのほうじゃなくて、戒《いまし》めるの漢字を使った熟語の破戒」

「へぇ。なんかかっこいいですね」

「だろ？」

月は間髪容れずに大声で提案する。

「どっちかください！」

「絶対やらん。二つとも俺が手に入れたやつだし」

「えぇー。ケチ臭いこと言わないでひとつくらい分けてくれてもいいじゃないですか。私は破戒の指輪のほうでもいいですよ？」

「そっちのほうがいるんだよ！」

「じゃあ――」

「――却下！」

「むぅ……」

月は頬を膨らませる。

「そうかわいい顔するなって。更に惚れるだろ」

そう言って瑠璃は彼女の頭を撫でる。

すると月は顔を赤くして後ろを向いた。

「………瑠璃さんはずるいです」

そんなこんなで、瑠璃の左手にはぶっ飛んだ性能の指輪が二つとなった。

「指輪の件はこの辺にして、とりあえず地面を掘るぞ。もうこの階層に用はないし」

瑠璃が言った。

「そうですね。できれば宿屋に泊まってのんびりしたかったですけど、魔女王さんから大切な物を盗んだわけですし、早く逃げないといろいろ面倒だと思います」

「だな。全面戦争になったら屋台のおばさんを巻き込んでしまいそうだし」

「それはともかく瑠璃さん、気づいてますか？」

突然月がそんなことを尋ねた。

「なんの話だ？　誰かが遠くの木の陰から俺たちの様子をじっと窺っていること以外に何も気づけていないんだけど、何か別の問題でもあるのか？」

「そのことですよ」

「あぁ、別にほっといたらいいんじゃないのか？　干渉してこないみたいだし」

「私はちょっと気になっているんですけど」

「俺は興味がない」

「あっ、木の陰から出てきましたよ」

月の視線の先には、ボロボロになった鎧を着た金髪の男性がいた。

高身長で細身な体格。

イケメンな顔立ちには、いくつもの傷がついている。

そんな彼が剣を構えてこちらへと近づいてくる。

「あいつ、剣を構えているってことは、やってもいいんだよな？」

「ちょっと待ちましょうよ。警戒しているだけでしょうし。まずは話を聞いてみませんか？」

「月に任せる」

「任されます」

「その代わり月に何かありそうだったら、俺は容赦なくあいつを殺すからな？」

「その時はお願いしますね」

月は微笑んだあと、未だ遠い位置にいる金髪の男性に向かって話しかける。

「あのぉー。私たちに何か用ですかぁ？」

「……」

金髪の男性は無言で近づいてくる。

「月の問いかけを無視しやがった。存在ごと消してもいいか？」

「もう少しだけ堪えてください。私は瑠璃さんに人を殺してほしくありません」

「まあそれは俺もだ。確証はないが、人を殺しても経験値にはならなさそうだし、何より好きで同族を殺したいと思わない」

「ならよかったです。瑠璃さんにも人間らしい感情があったんですね」

「おい、それはどういう意味だ」

「そのままの意味です」

「お前ら。冒険者か？」

かなり近づいてきた金髪の男性が、剣を構えたまま尋ねてきた。

「はい。私たちは二人とも冒険者ですけど、あなたは何者ですか？」

「俺は蓋世三兄弟の、空蟬だ」

「えっ……あのレベルランキング三位の人です？」

「そうだ」

彼は空蟬終。

現在レベルランキングの第三位にして蓋世三兄弟の団長である。

他二人の団員は半年前に突然ランキングから姿を消したため、実質ソロ活動のようなものだ。

「逆にお前らは何者なんだ？　このサードステージにいるくらいだから、ランキング上位に載っているやつか？」

「はい、私たちは――」

「――私の指輪を返せ」

突然そんな声が聞こえたかと思えば、瑠璃たちの目の前に魔女王が現れた。

まるでワープでもしたかのような出現方法に、月と空蟬が驚きの表情を浮かべる。

「ひゃっ！　ま、魔女王さん」

「お……お前。なぜこんなところに!?」

魔女王はそんな二人を無視し、瑠璃のほうを向く。

「おい、そこの小柄な男。盗んだ指輪を今すぐ返すなら殺すだけで済ませてやる」

瑠璃は無表情で返答。

「ちなみに返さなかったらどうなるんだ？」

「殺すことなく、死よりも辛い痛みを与え続けてやろう」

「面白い。やってみろ」

「馬鹿やめろ！　お前、魔女王がどれだけ恐ろしいかわかっているのか」

なぜか空蟬が言った。

すると魔女王はそちらを振り向き、口を開く。

「その声は……空蟬か？　久しいな。元気にしていたか？」

「うるさい。お前に仲間を二人殺されたせいで、次の階層へ進めずにいるんだよ！」

「うふふ。あんなしょうもない子たちのことなんてどうでもいいじゃない。あなたは私の好みの子なんだから早く一緒になりましょう」

「その気は一切ない！」

「ま、私はあなたの気が変わるまで待ち続けるだけよ。あまり恋愛関係を力ずくで解決したくはないもの」

魔女王の話によると、どうやら彼女は空蝉のことが好きらしい。

そのため彼だけを殺さずに生かしているのだろう。

「俺は早くレベルを上げてこの階層からおさらばする。殺さなかったことを後悔するんだな」

「どうせ人間風情がいくらレベルを上げたところで次の階層は無理よ。それはあなたが一番わかっているでしょう？」

「うぐっ、だから今必死に特訓をしているんだ」

「私の元にくればそんなことをせずとも強くしてあげるのに」

「なぁ、死よりも辛い痛みを与えてくれないならもう行くぞ？　なんかめんどいし」

瑠璃が空気を読まずに横入りした。

その瞬間、魔女王の表情が一気に暗くなる。

「私と空蝉の会話を邪魔するとは、よほど苦しみたいらしい。――咲き乱れろ、切断風刃《カッティングウィンドブレイド》！」

魔女王の手からいくつもの鋭利な風の刃が放たれる。

金属をも軽く切断するその風たちは全て瑠璃の身体へと命中し、布の服とズボンを部分的に切り裂いた。

「馬鹿お前。なんで避けないんだ！」

空蟬が大きな声を上げた。

瑠璃は首を傾げて返答する。

「えっ、だって躱すほどでもないだろ？　お前は蚊が体当たりしてきたらいちいち躱すのか？」

「はぁ!?　魔女王の魔法だぞ……って、なんであの攻撃を受けて無事なんだよ!?」

「お前……何者だ？」

魔女王が眉間にしわを寄せて尋ねた。

「何者って言われても、ついさっきこの階層にたどり着いたばかりの冒険者だけど」

「なぜ私の魔法を受けて無傷なのだ？」

「はぁ……。お前喋るばかりで自分の力を出し惜しみするから嫌いだ。なぁ、月。あっちのほうで地面を掘るから、さっきと同じく俺が呼んだら下りてきてくれ」

「あ、はい。そうですね。では空蟬さん、最後に教えておきますけど、彼が今までランキングトップの座を一度として譲ったことがない人類最強の男、琥珀川瑠璃さんです」

「まさか!?　こんな弱々しい見た目の男がか!?」

「彼の実力はさっき見たでしょう？　ちなみに私が第二位の鳳蝶月です」

その言葉を機に二人は歩き出す。

「!?　圧倒的なレベル差のトップ二人が、ど、同時に……」

そんな彼らのやり取りを見ていた魔女王は、不機嫌そうな表情で口を開く。

「よ……よくも私をコケにしてくれたな。何が人類最強の男だ。人間の限界を教えてやる。

――突き刺せ、残虐の黒剣《クルーウティブラックソード》！」

先端の尖った禍々しい黒剣が、刹那のうちに瑠璃の背中に衝突し、なぜか黒剣のほうが折れた。

瑠璃は面倒くさそうに振り返り、

「お前、魔女王だとか言われてみんなにもてはやされて調子に乗ってんのか？　出し惜しみすんなって言ってるじゃん」

「な、なぜだ」

「次手加減みたいな真似をしたら殺すからな？」

「瑠璃さんが本気になる前にもうやめておいたほうがいいと思いますよぉ～」

そう言い残して瑠璃と月は再び歩き出す。

「……殺す。殺す殺す殺す殺す殺す。刺し殺せ、大残虐の黒剣《マサークルブラックソード》！」

魔女王の言葉とともに、先ほどの黒剣が30本同時に二人の元へと放たれた。


その瞬間、瑠璃の表情に不快感が生まれる。


いつも瑠璃のそばにいたはずの月ですら恐怖を抱くほどの、冷たくて重い雰囲気。

彼は振り向き、黒剣の全てを一瞬にして破壊した。

そして魔女王に向かって低い声で話しかける。

「なぁ。今、月のことも狙っていただろ？」

「な……お前。…………はぁ、はぁ」

あまりの圧力に、魔女王は過呼吸気味になりつつも後ろへと下がっていく。

「もう決めた。……殺す」

瑠璃は魔女王のいる場所に向かって歩き出す。

「俺の大切なものを傷つけるやつを、俺は絶対に許さない。たとえそれが神であろうと」

「はぁ……はぁ。遅くなれ、時間遅延《タイムディレイ》！」

魔女王は必死に呪文を発動し、自分以外の周囲の時間を遅くした。

一瞬瑠璃の動きが止まるも、すぐに彼は動き出す。

「時間を遅くされたのなら、その分速く行動すればいつも通りに戻る」

月と空蟬ほどの高レベル冒険者が全く動いていないことから、瑠璃の異常さがわかる。

「くっ、ならば！」

魔女王は自身の左腕を肩から引きちぎり、苦痛に顔を歪ませながらも呪文を唱える。

「我《われ》が汝《なんじ》に対価を支払って命ずる。止まれ、時間停止《タイムストップ》！」

瞬間、瑠璃は殴る動作を行った。

圧倒的な身体能力が覚醒の指輪によって更に二倍になった状態での、左ジャブ。

それは空間のみならず、刹那の間に迫りくる時空の波をも破壊した。

「どうした？　時間を止めただけじゃ時間は止まらないぞ」

「……」

魔女王が絶望の表情を浮かべる。

左肩からは大量の血が溢れ出ており、とても痛々しい。

「時間という固定観念に囚われているお前程度に、真の時間を操れるわけがないだろ」

それから彼は魔女王の目の前で立ち止まり、口を開く。


「もっと四次元的な思考回路を持て。……じゃあな、弱者」


全力の右ストレートが放たれた。

計り知れないほどの威力に、魔女王は抵抗すら許されずに消滅していく。

遅れてレベルアップの音が響いた。

「ふぅ……」

一度ため息をついたあと、瑠璃は直線上の壁にできた巨大な穴を見つめてつぶやく。

「……俺より強いやつ、マジでいないんじゃね？」


魔女王が死んだことにより、遅くなっていた時間が元通りに戻った。

「……あれ、瑠璃さん。魔女王さんはどこに？」

月が辺りを見渡しながら尋ねた。

「俺が倒したぞ」

「えっ、いつですか？」

「時間の流れを止められてお前たち二人が動かなくなっている間に殴っておいた」

「時間を止められてなお動けるなんて……。やっぱり瑠璃さんには常識が通用しませんね」

「いつの間に……って、なんだあれ!?　まさかあんたがやったのか？」

壁に開いている大穴を見て、空蟬が驚きの声を上げた。

「あぁ、パンチの風圧でな」

「ふ、風圧で!?　……な、なるほど。やはりランキング一位は次元が違うらしい。というか、そもそも琥珀川瑠璃は本当に存在していたんだな」

「さてと。邪魔者もいなくなったことだし、地面を掘って先に進むか」

そう言って月のそばへと向かう瑠璃。

「早くしないと他の魔女たちがやってくるかもしれませんし、急ぎましょう」

「ちょ、ちょっと待ってくれ。地面を掘るって何を言っているんだ？」

空蟬が尋ねた。

「階段を探すのが面倒だから、そのまま次の階層に向かうんだよ」

「……なるほどな。そんなこと考えもしなかった」

「もう会話はいいだろ」

瑠璃は地面を殴ろうと拳を構える。

「俺もついて行っていいか？　いや、言い方が違うな。あなたたちと一緒に行動させてください」

「えー、嫌だ。月と二人きりがいいし」

瑠璃が即答した。

「そんなこと言わずにお願いできませんか？　俺は半年前、仲間を魔女王に殺されて下の階層へ進めずに困っているんだよ」

「知らん。お前が弱いだけだろ」

「その通りだ。だからもう長いことこの階層でレベルを上げているんだが、何しろ獲得経験値が少なすぎてほとんど成長しなくてな」

「だったら別に下の階層に進んで強いやつと戦えばいいんじゃないのか？」

「それは私も同意見です。空蟬さんも充分レベルが高いみたいですし、普通の魔物を相手にするだけなら先に進んでも問題ないと思います」

するとと空蟬は首を左右に振り、

「無理だ。次の階層にはあいつが出る。半年前に一人で攻略しようと思って挑戦したんだが、ものすごく強い相手に出会って、この俺ですら死にそうになりながら逃げるので精いっぱいだった」

「だったら上の階層に帰れ」

瑠璃は地面を殴って巨大な穴を開けた。

「あ、もう次の階層が見えた。……行くぞ月」

「はい」

短くそんなやり取りをし、二人は飛び降りた。

「あっ……ちょっと」

空蟬は穴を覗き込む。

「……帰れと言われても、俺一人の力じゃ限界がある。仲間がいたからこそ、ここまでたどり着くことができたんだ。いくらこの階層でずっとレベルを上げ続けていたとはいえ、ここから抜け出せるほど成長してなんかいない」

彼の言う通り、ここは60階層にもかかわらず、ほぼ安全地帯のような場所だった。

出現する魔物は弱く、おかしなことをしなければ魔女たちも優しい。

そして何より、空蟬は魔女王に気に入られていた。

だからこの階層にいくら留まり続けていても、手出しされなかったのだ。

「決めた！　俺はあの二人のあとをついて行くぞ」

そう言って彼は穴へと飛び込んだ。

Chapter 3-8

第61階層。

穴から下りてきた二人は、それぞれ着地をする。

「へぇ、こんな階層もあるんですね。全然ダンジョンっぽくないです」

「うん。俺もびっくりした」

「だったらもう少し驚いた表情をしてください」

二人の視界の先には、辺り一面に雲が広がっていた。

いわゆる雲海《うんかい》というやつだ。

「雲の上って普通立てませんよね？　ほとんど水蒸気のはずですし」

「ああ」

「まあそれを言ったら、そもそもダンジョンに普通を求めること自体、間違っていますけど」

瑠璃はしゃがんで雲を触る。

「おぉ、柔らかい。……ちょっと試しに食べてみるか」

「どうなっても知りませんよ？」

「安心しろ。俺の腹を壊せる食べ物はこの世に存在しない」

「雲って食べ物じゃないと思いますけど……」

彼は地面の雲をちぎって口に運び、咀嚼していく。

「……んー、なるほど。これは――」

「――どけろぉぉぉ！」

突然上からそんな声が聞こえてきた。

瑠璃は不機嫌そうな表情を浮かべつつも横ステップを踏み、ギリギリのところで空蝉との衝突を避ける。

空蝉は目を瞑ったまま雲の上に尻もちをついた。

「おい、食リポの邪魔すんなよ」

「えっ？　あぁ、それは申しわけない。かなり高い位置から落ちたせいでちょっとパニックになっていた」

「で、瑠璃さん。どんな味なんですか？　気になるので早く教えてください」

空蝉を無視して月が尋ねた。

「えっとな……。無味無臭」

「あ……やっぱり」

「一切味のない綿菓子を食べているみたいな感覚だ」

「じゃあ私はいりません」

「さてと。疑問も解消したことだし、次の階層へ進むか」

「とはいっても３６０度全て雲しかないので、どっちに行くか悩みますね」

「もちろん地面を掘って進むつもりだけど、とりあえず邪魔者から逃げるために遠くへ行くから、お姫様抱っこするぞ」

「そうしましょう」

「なっ、邪魔者だと!?」

今まで黙っていた空蟬が声を上げる。

「じゃあな、金髪」

そう言い残し、瑠璃は彼女を抱っこして走り出した。

瞬く間に姿が見えなくなる。

「俺は空蟬だ！　というか、こんな危ないところに置いていかれてたまるか。スキル【超加速】発動！」

その瞬間、空蟬の身体が青いオーラを纏《まと》い始めた。

「足の速さなら、俺だって」

そうつぶやき、全速力で瑠璃のあとを追い始める。


「とりあえずこのくらいの速度で走っていればすぐに――」

「――待ってくれぇ！」

後ろからそんな声が聞こえてきた。

「えっ……空蟬さんが追いかけてきているんですか？」

「そうみたいだな」

「普通瑠璃さんの速度に追いつけます？」

「いくら俺がのんびり走っているとはいえ、レベル差がかなりあるはずだ。……あいつまさか素早さに極振りとかしてないよな？」

「あー。多分スキルの効果だと思います」

「ちょっと興味が出てきた。聞いてみよう」

瑠璃は少しずつ速度を遅くし始めた。


やがて距離が縮まり、二人は並んで走る。

「はぁ、はぁ。やっと追いついたぞぉ」

「おうお疲れ」

「あんた、通常状態の全力でその速度なのかよ。化け物すぎだろ」

実際瑠璃は全く本気で走っていないのだが、どうやら空蟬は勘違いをしているらしい。

「なぁ金髪。お前なんでそんなに足が速いんだ？」

「俺か？　これは【超加速】というスキルの効果だ。莫大なＭＰを消費し続ける代わりに、その間ずっと素早さが十倍になる」

「十倍はすごいな。……それはいつでもおぼえられるのか？」

「いや【超加速】をおぼえるためには、【加速】のスキルレベルを一万以上にしないといけない」

「あぁ、なるほど。一万はもったいないな。一瞬おぼえようかと悩んだけどやっぱりいいや」

「一万がもったいないって……。あんたのレベルからすれば余裕だろ」

「できなくはないが、ＭＰを消費するなら当然ＭＰも上げないといけなくなるし」

「まあ、それは確かに」

　とそこで、頭上からバサッバサッという音が聞こえてきた。

「そのことを踏まえたうえで、俺はその超加速とやらの習得はしない」

「ちょっと待て！　やばい、あいつがきたぞ」

「そういえば今まで一度も使用系のスキルをおぼえたことがなかったけど、何か習得したほうがいいかな。……月はどう思う？」

　空蝉の言葉を無視し、瑠璃が彼女に尋ねた。

「ギャアア！　ギャアアア！」

「瑠璃さんはステータス重視でいいと思います。今更何かをおぼえたところで意味ないかもしれませんし」

「やっぱりそうか」

「おい二人とも！　俺たちの頭上にやばい相手がいるんだって！　あいつは見た目に似合わず素早い。超加速を使っている俺ですら前回は逃げるので精いっぱいだったんだぞ。何のんきに会話してんだ」

　必死に空蝉が指さしている先には、緑色の巨大な鳥がいた。

　全長１００メートルはあるだろう。

鋭い双眼でじっと三人を睨みつけている。

「ギャァァ！　ギャァァァ！」

「月は一応盗賊系のスキルをいくつか持っていたよな？」

「はい。さっき空蟬さんが言っていたMPを消費し続けて素早さを二倍にする【加速】と、スキルポイントを割り振った分だけアイテムのドロップ率が上がる【盗み】の二つを習得しています。瑠璃さんと出会って以降は、ステータス上昇系以外にポイントを割り振ることはなくなりましたけどね」

「聞けよ！　上にやばいのがいるんだって」

そんな空蟬の声を無視して、瑠璃は会話を続ける。

「そう言われたら、俺の真似をしてめちゃくちゃ【攻撃力アップ】に振っていたような気がする」

「真似をしたわけではありませんが、影響は受けているかもしれません」

「何言ってんだお前。それを真似って言うんだろ」

「この意味がわからないということは、瑠璃さんって三次元の思考回路なんです？」

「はぁ？　誰に言っている――」

「――ギャァァ！」

頭上にいたはずの緑色の巨鳥が消えたかと思えば、瑠璃の目の前に現れた。

そして彼を飲み込もうと大きなくちばしを開けた瞬間――なぜか巨鳥が爆発した。

周囲に細かくなった血や羽の残骸が飛び散る。

瑠璃と月の頭上からレベルアップの音が響いた。

「月と楽しく喋ってんだから、邪魔すんな」

「もう私は瑠璃さんの人外っぷりにはツッコみませんよ。多分空蝉さんが代わりに驚いてくれます」

ただ普通に殴って倒しただけなのだが、空蝉には何が起こったのかわからなかったらしい。

口をパクパクとさせながらつぶやく。

「な……な……。俺があんなに恐れていた強敵を、会話しながら倒しただと⁉」

「で、話を戻すけど、俺が三次元の思考回路なわけないだろ」

「そうですか？　たまに怪しいですけどね」

「おそらく月が二次元の考えに近づいた時にそう感じているだけだと思うぞ」

「そんなことは絶対にありません。私のなかで瑠璃さんが適当に喋っているという事実は確定してますから」

瑠璃は一度ため息をつき、口を開く。

「さてと、そろそろ穴を掘って先に進むか」

「あー！　またそうやって話をそらすぅ」

「元々邪魔者から逃げるために走り出したのに、あいつ追いついてくるし。かといってこれ以上速くしたら月への負担が増えるだろ」

「あ、それで遅めに走っていたんですね」

「俺はいつだって月のことを大切に思っているからな」

「……やっぱり瑠璃さんがそういうセリフを言ってもあっさりしているんですよね。というか気づいたら完全に話がすり替わってますし」

「まあとにかくそんなわけだから、お前もうついてくるなよ」

「そんなぁ……」

瑠璃の言葉に、空蟬は残念そうな表情を浮かべた。

「お前が恐れていた強敵って、さっきの鳥のことだろ?」

「あ、ああ」

「ならもういないし、不安要素はなくなっただろ。あとは階段を見つけて帰るなり先に進むなり勝手にやってくれ」

とそこで、瑠璃が相手では無理だと判断したのか、空蟬は月のほうを向いて尋ねる。

「……あの！　ランキング第二位の鳳蝶月さん。どうか、俺も一緒に行動させてもらえませんでしょうか」

「えっ、嫌ですけど」

月はお姫様抱っこされたまま即答した。

「えっ……」

「私は瑠璃さんと二人きりで冒険したいんです。あなたは必要ありません」

「そんなぁ」

「もうわかっただろ？　お前はいらない」

瑠璃が告げた。

「……そうか。じゃあ俺は勝手について行くことにする」

「こいつうぜぇ」

「あんたたちが俺を見捨てるように、俺は見捨てられないようにしがみつく」

「はぁ……。相手をするのが面倒だからもういいや。勝手にしろ」

その後、瑠璃は地面を掘って下へと進み始めた。


雲の階層を始めとして、かなりの速度でひたすら穴を掘り続けること数分。

ようやく次の場所に到着した。

61層目からかなり飛んで、ここは90階層に位置する。

単純に雲海の真下にその間の階層が存在しなかったのだ。

謎解きの小さな部屋だったり、階層がずっと斜め下に伸び続けていたり。

今までのダンジョンとは違い、このサードステージは全体的にごちゃごちゃしていた。

瑠璃は周囲を見渡してつぶやく。

「なんだこの部屋……」

「最下層でしょうか？」

「可能性はあるな」

円形の部屋で、出口の扉がひとつだけある。

中心には水色に輝くクリスタルが浮いていた。

「おーい、二人とも避けてくれぇ！」

頭上から空蟬の声が聞こえてきた。

どうやら瑠璃が掘った穴から下りてきているらしい。

「はぁ、やっぱりきたか」

「きましたね」

呆れた表情でそんなやり取りをしつつ、瑠璃と月は少し横にずれる。

「おわっ……あぶねぇ。足を挫《くじ》くかと思った」

空蟬はバランスを崩しながらも、なんとか着地した。

「瑠璃さん。とりあえず進むのを中断して休みませんか？　ちょっと眠たくなってきました」

「そうだな。見た感じ魔物もいないみたいだし、ゆっくりと眠れそうだ」

「私、瑠璃さんの腕枕で寝たいです」

月が彼の布の服を摘まみながら言った。

「仕方ないな。月が重すぎて腕が潰れそうな気がするけど、せっかくの頼みだし頑張るか」

「し、失礼ですね！　瑠璃さんのステータスならなんともないでしょ」

「まあな」

「逆に瑠璃さんのほうこそ、私のことが好きすぎて強く抱きしめて潰さないでくださいよ？」

「それは約束できない。好きが溢れて止まらない可能性はあるし」

「……少しなら強くしてもいいですけどね」

「おーい！　一応俺もいるんだが」

空蟬がジト目で言った。

「お前本当に邪魔だな」

「非常に邪魔ですね」

「悪かったな」

「月と二人きりで寝たいから、しばらくの間この部屋から出ていってくれ。どうせこの感じからして外にも魔物はいないだろ。……みんなで休憩タイムだ」

「文句を言える立場でもないから、俺は別にいいけど……二人で勝手に先へ進んだりしないよな？」

「それは約束しない。勝手についてくるって言ったのはお前だろ」

「…………それもそうだな。わかった」

「まあ、進む時間になったら呼びに行ってやるよ」

「えっ、いいのか？」

「クリスタルに触れても爆発したりしないかどうかの検証に使ってやる」

「めちゃくちゃ文句を言いたいけど、一緒に進めるならそれでも構わない」

「交渉成立だな。じゃあさっさと出ろ」

「了解した」

空蟬は扉を開けてこの部屋から出ていく。

外には長い階段が上へと続いており、瑠璃の予想通り魔物は一体もいなかった。

「勢いでここまでついてきてしまったが……あの二人相当おかしいぞ」

階段に腰掛けつつ、彼はつぶやく。

「レベルとステータスはもちろんのこと、普通他人がいる前であんないちゃいちゃするか？」

もう何年も人と出会っていなかったため、瑠璃と月はいろいろと感覚がおかしくなっていた。

瑠璃に関しては最初から変なのだが。

「子作りでもしかねない雰囲気だったぞ。……まさかここでやり始めるんじゃないだろうな」

そう言ったのと同時に、空蟬の息子が成長し始めた。

かわいい見た目の月が裸になっている姿を想像してしまったのである。

実際彼女は20代後半なのにもかかわらず、絶世の美少女と言っても通用するレベルだ。

そんな女性の裸を思い浮かべて勃たないわけがないだろう。

「だめだ。こんな想像をしていることが琥珀川瑠璃にバレたら殺される」

空蟬は首を左右に振り、目を閉じた。

「少しでも眠って体力を回復しておこう」

◈

空蟬が出ていったあと、瑠璃と月は扉の近くに寝転がった。

彼女は腕枕をされた状態でつぶやく。

「……瑠璃さん」

「なんだ？」

「私たちって出会ってかなり長いですよね」

「そうだな」

そこで会話がいったん途切れた。

ゆったりとした心地よい時間が流れていく。

「えっと、瑠璃さんって……その……き、キスとかしたことあります？」

突然月が頬を薄紅色に染めて尋ねた。

「おぼえている限り、人生で一度もないな」

「そう、ですか」

「逆に月のほうはどうなんだ？」

「えっ、それはもちろん――」

「――まあ仮に初めてが奪われていたとしても、俺が月を嫌いになることはないから安心しろ。大事なのは過去じゃなくてこれからだ」

「いや、聞いてくださいよ！　私だって経験ありませんから」

「ならよかった」

「……あのーですねぇ。私たちってもう結構年いってるじゃないですか？」

「俺はまだまだ若いつもりだけど」

「そうなんですけど、言いたいことが言えないのでとりあえず乗ってください」

「俺ももう30代くらいだよな。最近年を感じることが多くて辛いぜ～！　これでいいか？」

「やっぱり人外な瑠璃さんでも年って感じるんですね」

「いや、全く感じてないけど。……そういうテイで言わされただけだし」

「瑠璃さんっ！」

「うわっ、びっくりした。間近でいきなり大声出すなよ」

「私と……キスしてみませんか？」

月が小さな声でつぶやいた。

「…………」

瑠璃は顔を赤くして黙り込んでしまう。

昔アニメや映画でそういうシーンを見たことはあるが、自分でするとなればどんなものなのか想像もつかなかった。

ゆえに得体の知れないドキドキ感や恥ずかしさが込み上げてくる。

「だめです？」

「いいけど……すごく恥ずかしい」

「私もですよ」

「本当にするのか？」

「普通だったら、男の人から言うものですからね？」

「そういうものか？」

「はい。瑠璃さんってば、いつまで経っても自分から攻めてこないので、時々自分に自信がなくなります。女としての魅力がないのかなぁ、なんて」

「そんなこと言うなよ。俺が今まで見てきたなかでは断トツの一位だ。というか月よりいい女なんて、そもそもこの世にいないだろ」

「……あまり恥ずかしいこと言わないでください」

「月が自分を下げるようなことを言うからだ。次そんなことを言ったら怒るからな？」

「……はい。というか瑠璃さんもかっこいいですよ」

「いや、俺は普通だから」

「そんなことないですって」

「湖で水分補給をする時とかに反射で自分の顔が見えるんだけど、実際マジで平均くらいだと思うぞ」

「そう言われたらそうなんですけど、人は顔じゃありません。私は瑠璃さんだから惚れているんです」

「俺もだ」

「なので、き、キスしたいです」

そう言って強く目を閉じる月。

「言っておくけど戦いとは違って経験もないし、下手くそだからな」

「それはお互い様です」

「……じゃあ、い、行くぞ」

「はい」

二人は緊張した表情でゆっくりと唇を重ねる。

優しくて穏やかなキス。

それは驚くほど柔らかな感触だった。

お互いにファーストキスということもあり、最初は表面を密着させるだけだったが、次第にどちらからともなく舌を差し込んで絡めていく。

「……んっ。……あぁ」

彼女は色っぽい声を上げつつ更に瑠璃を求めた。

二つの舌が生き物のように動いてねっとりと絡み合い、唾液が交換されていく。

自然と力が抜けて、脳が痺れるような感覚。

「……」

瑠璃はただひたすら本能のままに月をむさぼる。

抑えることのできない【好き】を我慢することなく放出していく。

「あぅ……」

それを全て受け止めながらも、月は更にそれを超えようと攻めた。

二人は真っ赤な顔でお互いを求め続ける。


唇が離れたのは、それから十分も経ってからのことだった。

至近距離で彼女の目を見つめながら、瑠璃が低音ボイスでつぶやく。

「その声ずるいです。……好きが止まらなくなります」

「……月、好きだ」

「止まらなくていいじゃん」

「そうですね。……えいっ」

二人は再び唇を重ねた。

今度は先ほどのような緊張は見られない。

お互いにとって初めてだったキスは、今までの感情が爆発したかのように長期戦となったのだった。

その後、それ以上へと発展しなかったのは、さすがこの二人というべきか。


瑠璃が目を開けると、真横に眠っている月がいた。

かわいくて今にも襲ってしまいたくなるような寝顔。

「……夢中でキスをしていたら、いつの間にか寝ていたな」

そう言いつつ、瑠璃は動かない。

正確には月に腕枕をしているせいで動けないのである。

「もう眠たくないから攻略を始めたいところだけど……月が気持ちよさそうに寝ているし、もう少し待つか」

微笑みながら彼は月の髪を優しく撫でた。

数年前の瑠璃からは想像もできないような発言だ。

やはり彼のなかで何かが変わってきているのだろう。

「キスってあんなにすごいものだったんだな」

月との口づけを思い出して顔を赤くする。

「俺がこいつを守らないと」

改めてそう思った瑠璃だった。

それから数十分後。

「ふあぁぁぁ。おはようございます」

月が目を擦りながら身体を起こした。

「やっと起きたか。……しつこく寝ていたせいで腕が潰れそうだったぞ」

「うるさいですよ。私はそんなに重たくありません」

「さて。月が起きるのを待っている間暇すぎたし、早く進みたいんだけど」

「えっ、ずっと待ってたんですか？」

「まあな」

「起こしてくれればよかったのに……」

「あんなかわいい顔で寝られたら、起こしたくても起こせねぇよ」

「……まさか、ずっと寝顔を見ていたんです？」

「うん。わりと長いこと観察してた」

「やめてくださいよ。私の顔がブサイクに見えてきたらどうするんですか？」

「安心しろ。ずっとかわいかったし、そもそも俺は月がどんな顔だろうと好きでい続けるから」

「……それは私もです」

それから数秒ほど間が空き、瑠璃が口を開く。

「行くか」

「そうですね。進みましょう」

「まずはあいつを呼びに行かないと」

「あいつ？　…………あっ、そういえば部屋の外には空蟬さんがいましたね。正直忘れてました」

「なかなかひどい女だな」

「だって、昨日はあんなに激しかったんですもん。記憶だって飛びますよ」

「……言うな。恥ずかしい」

「は、はい」

そんなやり取りをし、顔を赤くする二人。
今時この年でここまで初心な大人も珍しいだろう。
キス以上のことは一切やっていない。

だけど今の二人にはそれで充分だった。

その後、外の階段で居眠りをしていた空蟬を叩き起こし、クリスタルが爆発しないかどうかを検証するために先に行かせたあと、瑠璃と月は同時にクリスタルへと触れた。

Chapter 3-9

瑠璃が目を開けると、そこは真っ白な空間だった。

扉どころか、床、壁、天井の概念がない場所。

ただひたすら白が続いている。

「なんだここ？」

瑠璃は周囲を見渡す。

しかし何もない。

「クリスタルに触れて、気づくとここにいて。……月はどこだ⁉」

どこを見ても、探し求めている彼女の姿が見当たらない。

『やぁ、はじめまして！』

突然、どこからともなくそんな声が聞こえてきた。

少年のようなかわいい声質。

いわゆるショタボというやつだ。

「誰だ？」

『ぼくは絶対神《ぜったいしん》。よろしくね』

「絶対神？」

『今日は君と話してみたくて、ちょっと転移用のクリスタルに細工をさせてもらったんだ』

「俺以外にもう二人いただろ？　あいつらはどうした」

『あの二人にはそのままサードステージの最下層へ行ってもらったよ』

「……今すぐ俺もそっちに転移させろ」

瑠璃は自分なしで月を行かせたことが心配だった。

『ちょっと待って。どうしても君に伝えたいことがある』

「なら早く言え」

『そう焦らないで。……えっとね、このままだと君に勝ち目はない』

「は？」

『もう少しあとのことになるんだけど、君は死ぬ』

「何が言いたい」

『どう言ったらわかりやすいかなぁ。……この仕組みのなかで君がどうあがこうと、あの子に勝てる可能性はゼロだ』

「仕組み？　あの子？」

『詳しいことは教えられないけど、とにかくぼくは暇潰しで君のことを観察し始めて、ちょっと気に入っているんだ。だから死んでほしくない』

「俺が俺以外のやつに負けるとでも？」

『確実にね』

「……やってみなくちゃわからないだろ」

『わかるよ。ぼくは絶対神だから』

「胡散臭《うさんくさ》いやつだな」

『……さて、君に渡したい物がある』

「なんだ？」

『ぼくが創った指輪。君の指につけておくよ』

その言葉と同時に、瑠璃の左手に銀色の指輪がはめ込まれた。

「いつの間に」

『ぼくは絶対神だから、なんでもできるんだよ』

「で、この指輪はなんなんだ？」

『ふふっ。言わないほうが面白そうだから教えない』

「はあ？　なんだそりゃ」

『でもきっと面白いことになると思うよ。だから外さないでね』

「……お前はなんのために、この指輪を俺に渡したんだ？」

『暇潰しになりそうだから』

「絶対神とやらはそんなに暇なのか？」

『暇だよ～。だからたまに面白そうなシーンが見られないかなぁって思いながら、お気に入りの子を探しているんだ』

「ふ～ん。それが俺ってことか」

『あ、そろそろ行くね』

「自分から呼んでおいて勝手だな。暇なんじゃなかったのか？」

『別の異世界に面白い子たちがいないかサーチしに行くんだ』

「ま、どっちでもいいや。それじゃあもうサードステージの最下層に送ってもらえるのか？」

『うん。……あ、あと最後にひとつだけ言わせて』

「ん？」

『またこうやってお話ししたいから、今度は君から会いにきてよ』

「は？　どうやって？」

『そのうちわかる』

その言葉を機に、だんだん瑠璃の視界がぼやけていく。

「あ、おい――」


月と空蟬の二人は、オリハルコンで構成された円形の部屋にワープさせられていた。

「……ここは。て、あれ？　瑠璃さん？」

月が辺りを見渡しながら言った。

近くに金髪の男はいるが、いつも一緒にいたはずの彼の姿がない。

「なんだこの部屋？」

空蟬が不思議そうにつぶやいた。

「オリハルコンの部屋だと思います」

「あー、ファーストステージとセカンドステージの最下層と同じやつか。……ということはここがサードステージの最下層なのか？」

「その可能性が高いです。それはともかく、瑠璃さんがいないんです」

「え……あっ、本当だ。俺とあんただけだな」

「私と瑠璃さんは同時にあのクリスタルに触れたはずなのに」

とその時、部屋の中心に光が現れ始めた。

思わず目を瞑ってしまいたくなるほど眩しい。

それはだんだんゴーレムの形になっていく。

サイズは全長六メートルほど。

「まさか。瑠璃さんがいない状態でボス戦を開始するんですか？」

月が不安そうな表情を浮かべる。

「あんたもずば抜けてレベルが高いんだし、大丈夫だと思うぞ」

「ま、まあとりあえず全部任せましたよ？」

「そうだな。……て、おい！　レベルの高いあんたが頑張れよ」

「はぁ、仕方ないですね。じゃあ二人で協力しましょう」

「全く。最初からそうしてくれ」

その瞬間、ゴーレムが凄まじい速度で空蝉に近づき、力強いパンチを繰り出す。

「――っ!?」

彼は身体を全力で捻り、ギリギリで躱した。

レベルに似合わないその反応速度は、天性の才能だろう。

普通であれば当たっていたはずだ。

「あぶねぇ。――魔法弾！」

スキル名を口にした途端、空蝉の手のひらから透明な物体が発射され、ゴーレムに直撃する。

あまりダメージは通っていないようだが、これが彼の戦い方だった。

素早さとＭＰを重点的に鍛えており、一撃必殺のような技は持っていない。

「必殺、全力パンチ！」

そう叫びながら月がゴーレムの下半身を殴ると、その部分が大きくへこんだ。

相手はバランスを崩して斜めに傾く。

「魔法弾！　冷凍弾！　火炎弾！」

間髪容れずに空蝉の魔法が顔面へと命中していく。

ゴーレムは体勢を立て直して月へと近づき、鋭い膝蹴りを放った。

「私を傷つけていいのは瑠璃さんだけですよ？」

彼女は余裕を持って躱し、相手の胴体にハイキックを叩き込んだ。

更に拳で連打。

鈍い音が何度も響き、ゴーレムの下半身がどんどんへこんでいく。

「――咲き乱れろ、切断風刃《カッティングウィンドブレイド》！」

空蝉によって放たれた複数の風の刃が、ちょうど相手の首元に命中。

それによってゴーレムは戦闘不能になり、地面へと倒れていった。

空蝉の頭上からレベルアップの音が響く。

「よし」

「ふぅ。正直、地下大国にいた獣人の王様よりも動きが悪いですね」

実際、薬を飲んだ獣人の王様と最下層のゴーレムが戦った場合、勝つのは確実に獣人の王様だ。

そもそも獣人に見つかってお城に閉じ込められた時点で、普通は人生終わりなのだから。

いくら強い冒険者でも敵《かな》うはずのない強敵が、このサードステージには何体も存在していた。


獣人。

獣人の王様。

湖のなかにいた凶悪な生物。

ギロチンの通路の下にいた虫。

雪の階層の主である白熊。

ベッドの罠のなかにいたカラフルな竜。

学校の青肌の化け物。

魔女王。

雲海の巨鳥。


普通であれば出会わないよう上手に攻略していくものなのだが、瑠璃と月はその全てを真正面から突破してきたため、今更最下層のラスボス程度に苦戦するはずがなかった。

ゴーレムが光の粒子になって消えたのと同時に、瑠璃が出現する。


「今度はなんです――って、瑠璃さん!?」

「……？　おう、月」

「今までどこにいたんですか？」

「どこって言われてもよくわからない場所にいた」

「はい？」

「で、もうボス戦は終わったのか？」

「それはもちろんです。私一人で倒すことができました」

「おい！　俺も活躍してただろ！」

空蝉が横からツッコんだ。

「へぇ、月がサードステージのラスボスを一人で……か。やるな」

「ふふん！　いつも瑠璃さんの戦い方を見ていましたから」

「ちょっと待て！　とどめは俺が刺した――」

そんな空蟬の声を遮るかのように、どこからともなく機械的な音声が響く。

『とある冒険者によりサードステージがクリアされたため、続いてフォースステージを出現させます。……繰り返します。とある冒険者によりサードステージがクリアされたため、続いてフォースステージを出現させます』


その後、三人はその場から姿を消した。

書き下ろし番外編

Extra edition

番外編

【瑠璃の過去】


秋葉原に、一人の変わった少年がいた。

琥珀川瑠璃《こはくがわるり》という名前で、平均よりも小柄な15歳。

学校へは通っているものの、誰ともかかわろうとせず、常に一人で過ごしていた。

家ではきちんと宿題を終えたあとで大人しく読書やゲームばかりしていたため、他の家庭からは真面目な子に見えていたことだろう。

確かにそれだけであれば、何も問題はないのだ。

おかしかったのは、読書やゲームをしている時の様子だった。

一度も声を出すことなく、常に無表情。

まるで死んだ魚のような目をしており、どんなにストーリーが良くても、一切笑ったり泣いたりしない。

両親はそんな息子を心配していたのだが、学校での成績もかなり良かったため、無理に何かを強制させることはなかった。


リビングにて。

「なぁ瑠璃《るり》。お前ゲームは楽しいか？」

いかつい顔をした父親が、ふいにそんなことを尋ねた。

瑠璃はソファーでゲームをしながら答える。

「楽しいよ」

「そうか。……でも、それにしてはいつも無表情だけどな」

「そう？」

「ああ。もっと俺みたいに感情豊かに遊んでみろよ」

「そんな鬼みたいな顔になるくらいなら、今のままのほうがいいでしょ」

「ふふっ、確かにそうかもしれないですね」

台所で洗い物をしていた母親が、笑いながら瑠璃の言葉に乗った。

「おいお前ら、怒るぞ！」

「けれどお父さんの言うことも、もっともよ？　瑠璃はいつもつまらなそうにゲームをしているんだから」

「楽しいといえば楽しいけど。つまらないといえばつまらない」

瑠璃の返答に、父親は眉間にしわを寄せる。

「何言ってんだ？　お前」

「四次元の考え方ができればわかる」

「なんだそりゃ」

とその時。

『緊急速報です。突如《とつじょ》、秋葉原に巨大な階段が出現しました！　まだ詳しくはわかっておりませんが、ゲームなどでよくあるダンジョン？　のような空間が広がっているとのことです』

テレビからそんな女性の声が聞こえてきた。

瑠璃が視線を向けると、アナウンサーのそばには大勢の野次馬《やじうま》や警察などが映っている。

「ダンジョンだと？　なに馬鹿なこと言ってんだこの報道局は。今日は別にエイプリルフールでもねぇし。……ははっ、とうとうネタがなくなったか？」

父親が笑いながら言った。

瑠璃は珍しく興味津々でテレビを見つめつつ返答。

「いや、嘘にしては騒がしすぎないか？」

「おおかた、エキストラでも雇《やと》ってんだろ」

『ここで追加情報です！　どうやら心のなかで【メニュー】と念じると、メニュー画面のようなものが目の前に現れるらしいです。ちょっと私も……って、ええっ!?　本当に出てきましたよ？　どうなっているんですか、これ』

「あいつ、まだ演技を続けてやがる。どうせでたらめに決まってんだろ。現実でそんなものが現れてたまるか。たとえば俺が頭のなかで【メニュー】と念じたら出てくるってこと………出た」

突然顔色を変えた父親の目の前には、確かにスクリーンが浮いていた。

母親が驚いたような表情をして近づく。

「あなた、それは!?」

「わからん。……テレビで言っているメニュー画面とやらか?」

「でもさすがに非現実的すぎます」

「現にここにあるし、触って操作もできるようだ」

そんな二人のやり取りを見ていた瑠璃は、すぐさま頭のなかで【メニュー】と念じる。

するとやはりスクリーンが出現した。

彼はすぐさま【ステータス】の項目を押す。

【琥珀川《こはくがわ》　瑠璃《るり》　男

ＬＶ１

ＨＰ５０

ＭＰ５０

攻撃力５０
防御力５０
素早さ５０
賢さ５０
幸運５０

『所持スキル一覧』

「すげぇ……」
まるでゲームの世界にいるかのような錯覚《さっかく》に、瑠璃は笑みを浮かべる。
今までずっと、つまらない世界だと思っていた。
このまま平凡に生きて、平凡に死んでいくのだろうと確信していた。
だから、人生を諦めていたのだ。
しかしこの瞬間、瑠璃の心に何かが湧き上がってくる。
今まで奥へと押し込んできた感情。

戦いたい。
死と隣り合わせになってみたい。

生を感じてみたい。

ゲームのなかにいるような魔物を殺したい。

そして、強くなりたい。


「きっとダンジョンに行けば、求めていたものがある」

そうつぶやいて瑠璃は拳を握る。

「瑠璃、何か言った？」

母親が首を傾げて尋ねた。

「母さん。俺……ダンジョンへ行ってくる」

「何を言っているの？　だめに決まっているじゃない」

「……」

「テレビを見てみなさい。警察や自衛隊まで出動して、すごい騒ぎなんだから」

「……」

「わかったならゲームでもしていなさい。どうせ宿題はもう終わっているんでしょう？」

瑠璃はゲームを机の上に置き、ソファーから立ち上がる。

「これが俺のやりたかったことなんだ」

「母さん。許可してやれ」

父親が真面目な顔で言った。

「あなた……何を言っているんです？」

「俺も男だからあいつの気持ちはよくわかる。……おい、瑠璃。お前ずっと退屈そうにしていたもんな。ちょっと暇つぶしにダンジョンを制覇《せいは》してこいよ」

「ああ、行ってくる」

「瑠璃！　本当に行っちゃうの？」

母親が心配そうに問いかけた。

「安心してくれ母さん。俺は絶対死なないから」

「がははっ！　死んで俺たちを悲しませたりしたら、俺がお前を殺してやるから安心しろ」

「その顔で言われたら迫力が半端ないな。全然言っている意味がわからないし」

「とにかく死ぬなってことだ。ま、俺の血を引いているなら大丈夫だろ」

「瑠璃。気をつけて……ね」

「おう」


その後、瑠璃は走って秋葉原のダンジョン前へと移動した。

さっそく警察や自衛隊と一般人の攻防に紛れてダンジョンのなかへと入り、階段を下りていく。

するとそこに広がっていたのは、全てが土でできた広い部屋だった。

大勢の人たちが武器を持ってうろついている。

それだけならまだ納得できるのだが、現実では到底あり得ないものがそこには存在していた。


水色のぷにぷにしたスライム。

角の生えた丸っこいウサギ。

体中に緑色の草が生えている二頭身の生き物。


いわゆる魔物だ。

誰かが倒したらしく、もうすでに大量の魔物の血や死体が転がっている。

「マジか」

瑠璃は嬉しそうに笑う。

求めていたものがそこにはあった。

「さっそく戦ってみたいところだけど……人が多くて邪魔だな」

少し考えた末、彼は人がいない場所を探すことにした。

だが、どこまで行ってもダンジョンのなかには人が溢《あふ》れている。

結局誰もいない場所へたどり着いた時には、第三階層の端っこまで移動していた。

周りには棍棒を持った人型のゴブリンが複数いる。

普通であれば第一階層でスライムなどを倒してレベルを上げてから挑むような相手なのだが、

瑠璃はレベル1の状態で向かっていく。

「おらぁ！」

走って近づき、背後からハイキックを放った。

綺麗に頭へ命中し、ゴブリンは体勢を崩す。

「グァァァ」

瑠璃は身体能力こそ一般的だったが、戦闘においては非常に優れたセンスを持っていた。

正面に回り込み、頭を摑んで相手の顔面に膝蹴《ひざげ》りを入れる。

「グァ!?」

ゴブリンの鼻から真っ赤な鮮血が散った。

更に彼は止まることなく、相手の顔面や胴体を殴り続ける。

「どうした、かかってこいよ。魔物なんだろ？」

「ガゥゥゥ!!」

「よっと」

瑠璃はゴブリンによって振られた棍棒をしゃがんで躱した。

続けて足払いをし、相手を地面へと転がす。

「お前弱いな」

それからは一方的な展開だった。

馬乗りになり、絶命するまで顔面を殴り続けた。

普通であれば人型の魔物を殺すのに抵抗があるだろう。
だが、彼は違う。
終始《しゅうし》悪魔のような笑みを浮かべていた。

まるで化け物。

見ている者がいれば、そんなことを思っただろう。
とその時。
背後から別のゴブリンに棍棒で頭を殴られ、瑠璃は地面に倒れる。
「――うっ!?」
「痛ってぇ」
すぐさま立ち上がり、ゴブリンから距離を取った。
脳が揺れて眩暈《めまい》がする。
激しい痛みとともに彼の脳天《のうてん》から血が垂れてきた。
少しでも気を抜けば気を失うかもしれない。
そんな状態で、瑠璃は笑う。
求めていた痛みや刺激。
目の前には自分を殺すための存在。

つまり死と隣り合わせなのだ。

決してゲームでは得られなかった感覚が、瑠璃にとっては楽しくてしょうがなかった。


「ははっ、いいねぇ。かかってこいよ」

「グァァァ!!」


その後、瑠璃は周囲を徘徊《はいかい》していたゴブリン十四を殺すことに成功した。

強力な武器を持っているならともかく、この数を素手で倒すことは普通なら不可能だろう。

現に瑠璃の体はもうすでに悲鳴を上げている。


「はぁ……はぁ……」

息を切らしつつも、瑠璃はその場に座った。

「めっちゃ疲れたけど、楽しかったな」

とそこで、途中で響いていたレベルアップのような音について思い出す。

「あれがレベルアップの音なら、俺って結構強くなったのか？」

つぶやきつつ、ステータス画面を表示する。

するとレベルが1から6に上がっていたが、それ以外の数値に変化はなかった。

「ん？　……あぁ、なるほど。割り振りの項目《こうもく》がある」

瑠璃はどの数値を増やすか必死に悩んでいく。

「う～ん。さっき戦ってみた感じ、ＨＰと攻撃力、防御力、素早さは必須だよな」

そもそも攻撃力がないと敵を倒すのに時間がかかり、ＨＰが少ないと殺されてしまう可能性が高くなる。

「逆にＭＰと賢さと幸運は必要ないだろ」

魔法系のスキルがあるのだろうと予想できたが、瑠璃は肉弾戦《にくだんせん》のほうが好みだった。

「よし決めた！　ＨＰと攻撃力を重点的に鍛えて、防御力と素早さもそこそこ上げていこう」

その後ステータスとスキルを全て割り振った瑠璃は、さっそく次の階層へと進み始める。

とにかく強敵と戦いたかったのだ。


そして、寝る間も惜しんで次の階層へと進み続ける彼のレベルは、瞬《また》く間に上がっていき、気づくと第二位との差がかなり開いていた。

当時の瑠璃はレベルランキングの存在を知らなかったため、トップにいたという実感はなかったのだが。

ただひたすら魔物を倒して、吐くほどまずい血肉を食らう。

ある程度レベルが上がればポイントをまとめて割り振る。

瑠璃にとってはこれが充実以外のなにものでもなかった。

何はともあれ、これが伝説の始まりである。

あとがき

書籍からの方は初めまして！

ＷＥＢからの方はお待たせしました！

作者のｙｏｈｅｉです。

思い返せば僕は昔からずっと物語を作り続けてきました。

お恥ずかしい話、小学生の頃に出版社へ漫画を投稿し、めちゃくちゃ低評価の採点表が送られてきたこともあります。

その後は主に小説や漫画の執筆を趣味として、誰の目にも触れることなくのんびりと創作活動を行っていたのですが、高校二年生の時、ふいにＷＥＢ小説サイトに自分の物語を投稿してみようと思い立ったのです。

さっそくパソコンに打ち込んで三ヶ月くらい毎日投稿を続けてみたのですが、ブックマーク（お気に入り）を登録していただいた方がたった一人しかいませんでした。その時に自分の才能の無さを実感しましたね。文章量にして書籍二冊分ほどでしたが、恥ずかしさもあって早々に作品を削除してしまいました（ブックマークしていただいていたお一人の方は申しわけありません、そしてありがとうございます）。

そこからは、わりと流行に沿った物語を何作品か投稿していたのですが、ランキングの下のほうには載るものの、鳴かず飛ばずの状況が何年も続いておりました。

そんななか一般企業に就職し、昼休みを使ってスマホで書いていたこの作品を投稿し始めた途端、急に人気が出ました。みるみるうちにランキングを駆け上がっていき、ジャンル別ランキングだけに留まらず、投稿を始めてわずか五日で総合日間ランキングの一位にまでたどり着きました。

はい（笑）。正直自分でもどうしてここまで伸びたのかわかっておりません。

そして投稿を始めてちょうど二週間経った時に、書籍化のお話をいただきました。

いや、めちゃくちゃ嬉しかったですね。幼い頃から自分の物語を本にしたいという夢をずっと持っていたので、それがようやく叶うんだと思うと、いても立ってもいられなくなり、すぐに勤《つと》めている会社の上司へ副業の件について確認に行きました。

すると『可能性を潰すことはない。ぜひやってみろ』という温かいお言葉をいただき、そのあとでさっそく編集部の方とやり取りを始めました。この編集部の担当の方がものすごくいい人なんですよ（言わされているわけではありません（笑）。本当です！）。

何はともあれ、ここまでたどり着くことができたのは、この作品を読んでくださった全ての読者様、素晴らしい絵を描いてくださったイラストレーターのねいび様をはじめ、この本の制作にかかわった多くの方々のおかげです。

本当にありがとうございます！

さて、一巻はこのような感じで終わったのですが、二巻からはもっとやばい展開になってきます。

何がやばいかはネタバレになるので言えませんが、かなり熱いです。
なので、ぜひ第二巻もよろしくお願いいたします！

yohei

2月よりコミカライズ新連載スタート!
美少女×イケメン!?が織りなす青春ラブコメ
クラスで陰キャの俺が
実は
大人気バンドの
ボーカルな件
作画 釘宮あつき
原作 夜桜ユノ
キャラクター原案 みすみ
PASH UP!
Twitter @pash__up
URL https://pash-up.jp/

今春コミカライズスタート!
悪役令嬢のお気に入り
王子……邪魔っ
漫画:しいなみなみ
原作:緋色の雨
キャラクター原案:史歩
笑わない賢姫
アイリス・アイスフィールド
前世の仇敵!
アルヴィン王子
最新情報はこちらをチェック!
Comic PASH!
Twitter @pash__up
URL https://pash-up.jp/